북벌 北伐

2040

이 행 지음

도서출판 해조음

북벌(北伐), 2040

고구려의 기상과
발해의 용맹을 되찾는 소설을 만나며

경기 북부를 대표하는 교종의 본찰인 봉선사에서 포교사로서 공부하
고 정진하여 늦깎이 소설가로 등단한 이행 작가가 이번에 장편으로
미래 역사소설인 「북벌(北伐), 2040」을 출간한다는 반가운 소식을 접
했다. 주중에는 자체 교육하고 주말인 일요일에는 계층포교를 위해
노력하는 포교사들의 모습을 보며 우리 봉선사와 한국불교의 미래는
밝다는 믿음을 가져 본다.

너무도 빠르게 변화하는 국제정세의 흐름은 자국만의 이익을 추구하
며 한 치 앞을 모르는 안개 속을 헤매는 형국이 되어 가고 있다. 또한
과거의 역사를 부정하고 왜곡하는 동아시아 주변국들의 모습을 보며
수행자로서, 국민의 한 사람으로서 안타까움을 금할 수 없었다. 이러
한 역사의식의 답답함과 아쉬움을 나는 한반도 북녘의 우리의 광활한
영토였던 만주벌판을 호령했던 고구려의 기상과 발해의 용맹을 떠올
리며 달래보곤 했었다.

좁은 한반도의 그것도 절반인 남쪽에서 무슨 갈등과 대립이 이리도 많은 현실을 접할 때마다, 같은 한민족의 후손이라면 한 번쯤은 한반도 너머 저 드넓은 북녘 땅을 되찾고픈 소중한 열망을 가져 보았으리라는 생각이 들었다. 과연 시절인연의 소산인지 이번에 이러한 역사인식을 담은 소설을 만나며 이 작품을 감상해 보았다.

이 작품은 전체 4부 구성을 불교의 고유한 4대(지(地), 수(水), 화(火), 풍(風))의 변화로 풀어 나가고 있으며, 동아시아의 5개국인 중국, 대만, 남한, 북한, 일본의 차기 지도자들을 주인공으로 급변하는 정치와 자국의 현실을 그려나가고 있다. 더욱이 흥미로운 부분은 멀지 않은 미래인 2040년에 남한과 북한이 협력하여 과거의 소중한 영토였던 동북3성과 연해주를 되찾는 과정이 작가 특유의 상상력이 발휘되어 전개되고 있다는 점이었다.

그리고 이 작품의 가장 중요한 주제의식인 불교의 자리이타(自利利他)의 정신은 지금 지구촌이 겪고 있는 수많은 고통들인 환경 파괴와 이상 기온, 환경 오염 문제들을 해결하고, 모든 차별과 대립을 해소하는 소중한 정신이라 할 것이다.
첫 출간을 깊이 축하하며 더욱더 힘찬 건필을 기원한다.

서서히 짙어가는 신록과 나날이 깊어가는 봉선사를 바라보며
주지 **초격** 합장

소중한 영토, 간절한 바램

장편소설「북벌, 2040」을 읽으며 우리 한반도의 아픈 역사를 온 몸으로 겪은 저로서는 감회가 남다릅니다. 일제 강점기 만주에서 태어나 해방을 맞고, 전쟁의 참상을 생생히 보았기 때문입니다. 동아시아 지도를 보면 우리 한반도는 대륙과 해양 세력의 다툼 때문에 수많은 외세의 침략을 받아온 땅이었습니다.

그러한 고난의 역사 속에서도 우리 민족은 단 한 번도 남의 땅을 넘보지 않고 오로지 침략을 막아야 하는 애끓는 숙명을 안고 살아왔습니다. 그렇지만 한편으로 우리의 조상들은 한반도 너머 광활한 만주 벌판을 말달리며 호령했던 기상과 용맹함을 지녔던 민족이었습니다.

정의롭지 못한 힘과 권력은 잠시 승리감에 도취하는 것처럼 보이지만 역사의 흐름은 항상 순리를 따른다는 것을 지나간 왕조의 흥망성쇠에서 우리는 여실히 느낄 수 있습니다. 이 소설이 그리고자 하는 미래의 동아시아는 자국의 이익만을 추구하는 소아(小我)가 아닌 양보하고 배려하는 대승(大昇)이어야 함을 강조하고 있습니다.

통일연방국인 태한민국을 꿈꾸며 우리 민족의 미래를 그려나가는 작가의 상상력에 한없는 격려와 찬사를 보냅니다. 진정한 동아시아의 평화와 무궁한 발전을 전개하고 있는 「북벌, 2040」은 한국인뿐만 아니라 동아시아의 모든 사람들이 태한민국을 환영하고, 꼭 그렇게 이루어지기를 염원하지 않을 까 기대하게 만들고 있습니다. 정녕코 태한민국이 이끌어 갈 동아시아 번영의 시대를 바래봅니다.

우리의 후손들이 길이길이 살아 갈 동아시아의 태평성대가 꼭 이루어지기를 염원하고, 이행 작가의 첫 출간을 축하하며 더욱더 깊어진 다음 작품을 기대합니다.

하루가 다르게 짙어가는 신록의 아름다움을 가슴 깊이 만끽하며
박은숙(보광명) 손모음
(포교사, 화가)

영원한 마음의 고향, 광활한 북녘 벌판

어렸을 때부터 역사시간이 되면 안타까운 마음이 일어났었다.
그것은 바로 우리나라 한반도의 지도를 보며 떠오르던 생각들이었다.

'왜 우리나라는 이토록 작은 땅덩어리에서 아웅다웅 싸워야만 했는
가?'
'왜 우리나라는 그 넓은 만주벌판을 다시 찾을 노력을 제대로 하지 않
았는가?'

이러한 의문들을 40년 넘게 가슴 속에 품고 있다가 최근에 하나의
실마리를 얻게 되었다. 그것은 인간만을 위한 자연파괴와 환경오염의
결과로 2040년에 해수면이 상승하여 지구상 섬나라의 대부분이 물
에 잠길 수도 있다는 상상(想像)이 떠오른 것이었다. 비록 20년도 남
지 않은 가까운 미래지만 한민족의 후예로서, 지금 중국의 동북공정
과 일본의 역사왜곡을 접하면서, 2040년에 우리의 잃어버린 고구려
와 발해의 옛 영토인 간도와 연해주를 수복하는 소설을 쓰기로 마음
먹었다.

이 소설에서 동아시아 5개국의 절박한 현실 가운데 현재 정치지도자와 차기 지도자의 판단이 민족의 운명과 미래를 얼마나 좌우하는 지를 나름 생생하게 전개해보려 했으며, 특히나 한치 앞을 알 수 없는 국제정세 속에서 자신만의 이익을 추구하는 힘과 패권의 논리는 결국 자멸하고 만다는 결론을 담고자 했다.

모든 것은 변하고 그 가운데 서로를 위하고 배려하는 상생의 정신인 자리이타(自利利他)의 실천만이 이 지구촌을 살리는 길이라는 주제의식은 이 소설을 읽는 독자분들에게 적지 않은 감동을 줄 것이라는 믿음을 가져본다. 아울러 수승한 독자분들의 기대에 부응하지 못함은 전적으로 저의 부족함임을 돌아보며 이 소설이 마침내 현실로 다가오는 그런 미래를 간절히 바라고 있다.

이제 막 봉우리를 터트리고 있는
봉선사 연꽃밭 수련(睡蓮)들을 하염없이 바라보며
이행 손모음

목차

제1부

물의 시대 - 차오르는 것들

01
카운트다운

"10, 9, 8, 7, 6, 5, 4, 3, 2, 1, 0."

"신 니엔 콰이 르어!"

"새해 복 많이 받으세요!"

"아케마시테 오메데또 - 고자이마스!"

"새해를 축하합시다!"

"꽁시 파차이!"

2039년 12월 31일 늦은 밤, 동아시아의 5개 나라인 중국, 남한, 일본, 북한, 대만의 국민들은 힘겨웠던 한 해를 모두 마무리하고 희망이 가득찬 새 기운을 받고자 모두들 수도의 광장에 모여 입을 모아 새해를 맞는 카운트다운을 하고 있었다.

먼저 베이징의 천안문 광장을 가득 메운 시민들 십만 명의 연호 소리가 끝나자 수천 발의 폭죽이 터지는 불꽃놀이가 새해의 하늘을 신비로운 색깔과 모양으로, 귀를 찌르는 폭발음과 탄성으로 수놓기 시작했다. 마치도 이 지구상의 아름다운 색과 모형은 모두 모인 듯 형형색색의 불꽃들이 아득히 높은 곳에서부터 터져 오르다 서서히 사라지며 내려앉고 있었다. 주황, 초록, 핑크 이 삼색 동심원의 대형불꽃은 마치 놀이동산의 대관람차처럼 돌고 터지며 그 신비함의 극치를 뽐내고 있었으며, 수십 발의 작은 삼색 동심원들의 불꽃들이 끝도 없이 터지며 보여주는 장관은 새로운 시대를 창조하려는 중국인의 희망과 열망 그 자체를 보여주고 있었다. 그들은 이제 자신들의 나라가 미국과 러시아를 굴복시키고 세계 초강대국이 된 것처럼 우월감에 빠져 베이징을 비롯한 중국 전역에서 무수한 폭죽을 터트리고 있었다. 점점 심해지는 공안당국의 제지를 무시하며 밤새 터졌던 폭죽의 잔해들은 날이 밝아오자 시뻘건 가루들이 모여 온 세상을 붉게 물들이고 있었다.

시뻘건 태양이 새하얀 설원을 비추어 눈이 부셔 눈을 뜰 수 없는 것처럼, 수없이 널린 빨간 포장지와 가루들은 전쟁터의 사상자를 보는 듯 그 어마어마한 잔해들을 차마 눈을 뜨고 쳐다볼 수 없는 지경이었다. 또한 온 시내가 폭죽의 매연으로 뒤덮이고 있었고, 숨을 쉴 수 없을 만큼 매캐한 연기는 끝도 없이 피어오르고 있었다. 불과 10년 전만 해도 절대적인 권위와 권력을 상징했던 중국공산당은 지나친 통제와 간섭에 반기를 드는 시민들과 빈부의 격차로 반발하는 자치주들로 인하여 예전의 영향력을 서서히 잃어가고 있었다. 특히나 경제적으로 절대 빈곤층이 많은 서남부 여러 성들의 움직임은 체제 유지가 어렵게 노골적으로 독립을 주장하고 있어 공산당 중앙 지도부는 서장, 신장 지역과 함께 이들의 움직임에 노심초사 하는 형국이었다. 이런 복잡한 국내 상황 속에서도 유일한 세계 초강대국의 꿈에 취한 중국 지도부와 국민들은 아직 모르고 있었다. 밤새 자신들이 터트렸던 폭죽의 여파가 대기오염으로 이어져 이웃나라들에게 대재앙의 물결로 변하고 있음을, 지도부의 야욕으로 이웃 나라들을 자신들의 역사와 문화로 편입하려고 벌인 패권주의 정책들이 결국에는 분노의 쓰나미를 일으켜 역사의 부메랑으로 되돌아온다는 사실을.

　석 달 전인 2039년 10월 5일. 해양 환경운동을 벌이고 있는 그린피스 소속 레인플라워 호에 탑승하고 있는 캐나다인 마크와 로저는 남태평양의 이스터 섬에서 타이티 섬으로 이동하고 있었다. 그들은 바다를 사랑하고 해양환경을 지키고자 지원한 경력이 5년이 안된 40대 후반의 자원봉사자들이었다. 그들은 오늘 6개월 만에 다시 찾은 이스터 섬 얘기에 열중하고 있었다.

　"어이, 마크. 오랜 만에 다시 본 이스터 섬 어땠어?"

　"응, 조지. 남태평양이야 항상 나를 반기지. 오늘 하늘 어떤가? 정말이지 코발트색 캔버스에 하얀 구름들을 붓으로 그려 놓은 것 같지 않나? 싱그러운 야자수와 에머랄드 빛 바다, 이 소중한 바다를 지키려는 그린피스, 이 얼마나 환상적인 조합인가?"

　"아이고, 나는 자네가 한때 작가 지망생이라는 것을 잠시 잊었어. 묘한 표현이야. 노인과 바다가 아닌 그린피스와 바다. 이봐, 친구. 나는 말이야, 이스터 섬을 볼 때 마다 의문점이 하나 있었어."

　잠시 구름이 떠가는 모습을 바라보던 마크는 고개를 돌리며 물었다.

　"그래, 무엇이 그리도 궁금한 일인가?"

　약간 정색을 하는 마크를 보며 조지는 살짝 미소를 지으며 말했다.

　"응, 그게 말이지. 그 거대한 모하이 석상을 원주민들이 만들었다고 하잖아."

　자신도 호기심을 느끼며 마크도 맞장구를 쳤다.

　"그래, 칠레에서 건너 온 나스카라인들이 잉카문명처럼 거석문화를 만들었다고 전해지고 있지.”

“그건 그런데 내가 궁금한 것은 그 많은 석상들이 모두 어떻게 한 방향만을 바라보고 있는가 하는 것이야.”

순간 마크도 무언가를 깨달은 듯 조지에게 물었다.

“정말 그러네. 나는 왜 ‘그 수많은 석상들이 어째서 한 쪽만 바라보고 있을까’ 하는 의문이 안 생겼지? 정말 자네야 말로 자연과학자요, 환경보호가 맞네.”

그러면서 그때 두 사람은 모하이 석상들이 바라보고 있었던 쪽으로 서로의 시선을 향하고 있었다. 그런데 잠시 후 두 사람의 눈에는 거대한 섬 모양의 덩어리가 나타나고 있었다. 30여 분 후, 항해를 계속한 그들 앞에 나타난 것은 해양쓰레기로 가득한 거대한 섬이었다. 눈앞에 펼쳐진 이 쓰레기 섬의 정체에 두 사람은 입을 다물지 못하고 있었다. 긴장한 마크가 조지에게 물었다.

“이봐, 친구. 저 쓰레기 섬이 얼마나 클 것 같은가?”

“아마도 이스터 섬의 백배는 될 걸세. 그 석상들이 이 섬의 정체를 우리들에게 알려 주고 있었나 보네.”

다급해진 마크는 무전기를 들고 본부에 이 쓰레기 섬의 발견을 분주하게 알리고 있었다.

두 달 전인 2039년 11월 초순. 대만 중앙 기상국(CWB).

국장인 옌훙위안과 왕화창 대만 중앙대 지구과학과 교수는 기상국 선임연구원인 애비가 올린 보고서를 보며 심각한 표정을 짓고 있었다. 두 사람은 대만 중앙대 지구과학과 2005학번 동기생이었다. 먼저 왕교수가 옌국장에게 물었다.

"이봐, 옌국장. 정말 이 보고서 믿을 만 한 것인가? 정말 우리에게 시간이 두 달 밖에 없다는 것인가?"

"자네도 잘 알지 않는가? 이미 전 세계 저지대 도시가 물에 잠기고 있지 않은가?"

"아무리 베네치아나 통가 같은 나라가 물에 잠겼다고 하고, 알라스카 카발리나 섬도 그렇지만 우리나라의 운명이 이렇다니 나는 도저히 받아들일 수 없네."

"왕교수, 이 친구야, 자네 맘을 내가 왜 모르겠나. 하지만 우리는 대만의 운명을 좌우할 수 있는 과학자야. 냉철하게 현실을 받아들여야 하네."

그러면서 옌국장은 애비의 보고서 가운데 마지막 장에서 붉은 색으로 표시한 '불의 고리'를 매서운 눈빛으로 뚫어보고 있었다.

'불의 고리'는 전 세계 활화산과 휴화산이 75%가 몰려 있고, 7개의 지각판이 만나 지각변동이 활발하여 전 세계 지진의 80~90%가 발생하는 곳으로서 대만과 일본이 포함된 지역을 말하고 있었다. 이 보고서에는 한 달 전에 남태평양에서 거대한 해양쓰레기 섬의 발견, 지구 온난화로 인한 남극 빙하가 녹아 현재 진행되고 있는 해수면의 2미터 상승으로 2040년에는 일본, 베트남, 대만, 태국 등이 차오르는 바닷물에 잠길 것이라고 적고 있었다. 충격적인 보고서의 내용은 미래 먼 얘기가 아니라 이제는 더 이상 피할 수 없는 민족의 운명을 예고하고 있었다. 말없이 고개를 숙이고 있던 이들은 잠시 후 약속이라도 한 듯 총통 관저로 향하고 있었다.

"대통령님, 정말 실행하시겠습니까?"

"지도자 동지, 정말 쏘시겠습니까?"

"총통 각하, 한 번 더 생각해 보시면 안 되겠습니까?"

"부총리, 진정 결행하려고 하시오?"

　

5개국 수도에서 2040년 새해를 맞는 카운트다운이 시작되고 있을 즈음, 남한의 신민기 대통령이 계룡 군사기지에서, 북한의 김주녀 주석이 원산 군사기지에서 핵미사일을 발사하는 핵 단추를 누르고 있었으며, 대만의 장꿔랑 총통이 중국 본토 침공을, 일본의 혼조 부총리도 남한 침공을 시작하는 카운트다운을 동시에 하고 있었다.

02
D - 30, 도쿄

2039년 11월 30일, 일본 도쿄도 지요나구 나가타초에 자리하고 있는 총리 관저.

지상 5층, 지하 1층의 이 건물은 외관상으로는 현대 일본의 세련된 건축기술의 현대미와 고풍스러운 전통미를 살리는 예술성이 높아서 이곳을 방문하는 외빈들의 감탄을 연발케 하곤 했다. 5층의 내각 총리 집무실에는 3명의 최고위 인사들이 극비의 문제를 놓고 최후의 담판을 하고 있는 중이었다. 이는 바로 민족의 운명이 걸린 일본 열도의 수호 전략이었다. 2025년부터 진행된 지구온난화의 급속한 진행은 남극 빙하가 녹아 이미 해수면이 2미터가 높아진 상황에서 일본은 전 예산의 10%를 투입하여 매년 저지대를 중심으로 거대한 높이의 방파제를 쌓아가고 있었다. 그러나 최근에 빈번하게 일어나고 있는 지진들은 이 방파제마저도 무너뜨리고 있어서 일본 최고위층 지도자들은 어떻게 해서든 민족의 운명을 결정해야 하는 선택을 강요받고 있었다. 지난주 일주일에 걸친 격론 끝에 내각 대신들은 온건주의자이며 현 총리인 가내 야마와 차기 수상이 유력시 되는 총리의 딸이며 문부과학성 장관인 가내 하루꼬, 그리고 극우와 군부의 강경한 입장을 대변하는 혼조 히로시 부총리에게 그 결정을 위임했다. 온화한 인

21

상과는 달리 강인한 집념이 느껴지는 60대 후반의 노회한 정객인 총리가 차분한 어투로 말을 꺼냈다.

"이보시오, 혼조 부총리. 당신들 말대로 우리가 먼저 남한을 침공하다가는 우리 본토는 핵 공격을 받아 전멸할 것이요. 남한은 과거 우리가 만만히 침략하고 식민지로 삼았던 조선이 아니요. 남한과 북한은 아직 통일을 이루지 못했지만 1국 2체제를 이루고 핵무장을 갖추어 동아시아에서 중국과 유일하게 대적할 수 있는 나라요. 경제도 이미 중국, 미국에 이어 세계 3위의 강대국이 되었소이다. 우리의 자위대 전력도 만만치는 않으나 우리에게는 핵이 없소이다. 아무리 우리 열도가 물에 잠긴다고 해서 상대국에 기습 침공을 한다니 이는 나라를 자멸하게 하는 가장 하수의 전략이요."

그러자 지난주 내각회의 때부터 남한 침공을 주장하고 있는 혼조 부총리는 다혈질인 자신의 성격을 주체하지 못하고 있었다. 전형적인 일본 무사 계급의 후예인 혼조 부총리는 60대 초반의 다소 작은 체구지만 다부진 인상과 한 번 결정하면 절대로 물러서지 않는 성격의 소유자였다. 그는 흥분을 참지 못하고 가쁜 숨을 몰아쉬며 씩씩거리고 있었다. 그는 총리에게 따져 묻고 있었다.

"그럼, 가내 총리는 우리가 그냥 앉아서 바닷물에 빠져 죽으란 말이요? 이미 본토의 30%가 물에 잠겨 가는 것을 총리는 모른다 말입니까? 그러면 대안을 제시해 보시오? 대안도 없이 남한 침공이 안 된다는 논리를 나는 추호도 받아들일 수 없소."

곤란한 표정의 가내 총리는 말이 없었다. 그때, 총리 비서실장인 오다 후미노부가 무거운 표정으로 한 장의 전문을 들고 사무실로 들어왔다. 도쿄 기상청장인 우치다 켄이치가 보내 온 후지산 폭발과 도쿄 직하지진에 대한 대비를 알리는 내용이었다.

전문에는 내년 1월까지 후지산의 대폭발에 이은 도쿄 직하지진이 발생할 확률이 70% 이상이며, 아울러 발생하는 쓰나미로 인하여 일본본토가 침수될 것이라는 경고가 들어있었다. 이를 보던 세 명의 지도자들의 안색이 각기 다른 표정으로 변하고 있었다. 가내 총리는 어두운 표정이 짙어 지고 있었고, 그의 머릿속에는 이런 생각들이 가득 차고 있었다. '우리 일본 민족의 운명이 여기서 끝인가 보다. 그 오랜 기간 번영의 세월을 누려 온 민족의 역사가 나의 세대에서 끝이 나는가 보다. 순국열조들을 어떻게 뵈어야 한단 말인가? 어찌하여 하늘은 우리 민족에게 이러한 고통과 시련을 내린다 말인가?'

그러면서 그는 항상 자신이 자랑스러워하고 있는 차기 총리 후보이자 외동딸인 하루꼬를 바라보았다. 40대 초반이지만 30대로 보이는 동안과 미모를 갖추었고, 서구 스타일로 늘씬한 체형의 하루꼬는 모든 일본 청년들의 우상이 되고 있었다. 또한 그녀는 미국 하버드대 화학과를 장학생으로 졸업한 재원인데다 부친의 온화한 성격까지 닮아서 일본 남자 정치인들에게는 선망의 대상이기도 했다. 그녀를 보는 가내 총리의 표정이 서서히 밝아지고 있었지만 언제부터인가 그녀는 입을 꾹 닫은 채 무언가에 골몰하고 있었다. 말이 없는 두 사람을 보며 혼조 부총리는 최후의 통첩을 보내고 있었다.

"이제 우리의 운명은 정해진 것 같소. 가뜩이나 나라가 바닷물에 잠겨 가는 마당에 화산 폭발과 직하지진이라니 더 이상 피할 길이 없소. 이제 총리도 남한 침공을 승인하시오."

이제 가내 총리는 민족의 운명이 침몰이냐, 전쟁이냐를 결정해야 했다. 무거운 침묵의 시간이 흐르고 있었다. 얼마 후 하루꼬의 입이 어렵게 떨어졌다.

"정말이지 한없는 고통의 시작이네요. 하지만 이 운명을 피할 수 없다면 저는 제3의 선택을 했으면 합니다."

그러자 결연한 표정을 짓고 있던 혼조 부총리가 미심쩍어 하면서 넌지시 물었다.

"그래, 제3의 선택이란 것이 무엇이요? 그런 것이 있을 것 같지 않은데?"

가내 총리와 혼조 장관은 하루꼬의 다음 말만 기다리고 있었다.

그녀는 긴장된 표정으로 말을 잇고 있었다.

"제가 동아시아 민족문화 연구소에서 4년을 같이 있으면서 남한의 신민기 대통령과 차기 지도자인 정현민 수석을 잘 알고 있어요. 그분들께 우리의 현실을 있는 그대로 설명하고 제안을 하려고 해요. 물론........"

아직 하루꼬의 말이 끝나지 않았는데 성질 급한 혼조 부총리가 불쑥 끼어들었다.

"지금 이 상황에서 무슨 제안이란 말이요? 이 문제가 외교적으로 풀 수 있다고 하루꼬 장관 당신은 낙관하고 있는 거요?"

한편으로 자신도 우려되는 바라 가내 총리도 말을 보탰다.

"문부성 장관. 나도 거기에 동감이요. 이 중차대한 문제가 외교로 풀 수 있는 내용이 아니요. 그렇긴 하지만 그 제안의 내용은 무엇이요. 한 번 들어나 봅시다."

약간은 미묘한 표정을 지으며 하루꼬 장관은 대답했다.

"두 분께 이 제안의 내용은 남한 측의 답변을 듣고 일주일 후 말씀드릴게요. 성사되지 못한다면 굳이 아실 필요가 없으실 테니까요."

긴박한 시간이 흐르고 있었다. 우락부락하던 혼조 부총리가 결론인 듯 말했다.

"딱 일주일뿐이요. 이미 모든 상황은 정해져 있으니 일주일이 무슨 큰 의미가 있겠소. 다음 주에는 결판을 지읍시다."

그날 저녁 가내 총리의 3층 사택. 총리의 사택은 짙은 밤색 목조 주택이 주는 훈훈한 분위기와 홍가시와 황금 사철나무, 소나무가 조화롭게 심어진 정원이 주는 아늑함까지 더해져 겨울 초입임에도 비교적 따스한 느낌을 주고 있었다. 2층의 총리의 방에는 방금 저녁 식사를 마친 총리와 하루꼬 두 사람이 홍차를 마시고 있었다.

낮의 팽팽했던 상황과는 너무도 다르게 평온하고도 한적한 분위기를 느끼게 하는 데에는 방 한 편에 정성스레 모셔져 있는 가야금도 한 몫 하고 있었다. 어느 정도 차를 마시고 총리가 말을 꺼냈다.

"하루꼬, 그래 남한에 제안한다는 것은 무엇이니?"

간절한 눈빛을 담은 아빠의 질문에 하루꼬는 서서히 입을 떼기 시작했다.

"예, 아빠. 남한 대통령에게 우리 일본 국민들을 받아달라고 해보려고요."

순간 총리의 입에서는 비관과 절망의 한숨이 터져 나오고 있었다.

"아니, 하루꼬. 그것이 가능한 일이냐. 자기 나라 국민들도 살기 어려운 마당에 과거에 자기들을 식민지로 삼았던 일본을 남한이 받아주겠냐고."

"아빠, 전혀 불가능한 애기는 아니에요."

"무얼 근거로 그런 주장을 하는 거니?"

그러자 하루꼬는 몸을 돌려 가야금을 가리키며 말을 이었다.

"어쩌면 저 가야금이 우리의 운명을 좌우할 수 있어요."

어안이 벙벙해진 총리가 잠시 생각에 잠기고 있었다.

"음, 우리가 김해 대가야의 후손으로서 이곳 일본에 정착한 가내(김)씨 성을 쓰는 뿌리가 같은 민족이라는 말이지. 우리가 대대로 보관하고 있는 저 가야금이 그 징표이고. 하지만 그 정도 이유로 남한에서 우리를 절대 받아 줄 리가 없어. 남한은 우리가 그냥 바닷물에 잠기는 것을 기다리고 있을 거야."

냉정한 하루꼬는 아빠를 지그시 바라보고 있었다.

"물론 아빠 말씀대로 남한이 아무 이익 없이 저희를 받아 주지는 않겠죠. 하지만 남한과 북한은 새로운 땅을 개척할 인력과 기술이 필요할 거예요. 그 땅이 그들이 그토록 찾고 싶었던 땅이라면 얘기가 다르겠죠."

"그들이 그렇게 찾고 싶었던 땅이라?"

"아직은 정확히는 모르겠지만 남한과 북한 내 극비리에 이런 프로젝트가 진행되고 있다는 말을 들은 적이 있어요. 이게 사실이라면, 또 이 계획이 현실화 된다면 저 출산의 수렁에 빠져 있는 남한과 북한은 반드시 우리의 존재가 필요할 거예요."

"하지만 우리 일본 내부에서 저렇게 남한 침공을 하겠다는 강경파들이 대세인데 우리가 어떻게 남한과 강경파들을 설득할 수 있을까?"

"최선이 안 된다면 차선을 택해야겠지요. 그것은 저에게 맡겨 주세요. 총리 각하."

03
사라지는 초강대국

자신감이 넘치는 하루꼬를 보며 가내 총리는 한편으론 씁쓸함을, 또 한편으론 신뢰감을 느끼고 있었다. '자신도 30년 전만 해도 무서울 것 하나 없는 패기만만한 엘리트 정치인이었는데. 지금은 무엇이든 조심스럽기만 한 정치노객일 뿐이니.' 하는 씁쓸함과, 저리도 당당하고 모든 것을 다 갖춘 정치인으로 성장한 하루꼬를 보면서 생기는 무한한 신뢰감이 교차하고 있었다. 하지만 가내 총리는 마음 깊은 곳에서부터 차오르는 불안감을 떨쳐버릴 수 없었다. 그것은 자신들의 운명과 미래를 자신들의 힘이 아닌 남한과 북한의 결정에 달렸다는 것을 인정하고 싶지 않은 냉혹한 정치 현실 때문이었다. 그러면서 가내 총리는 이렇게 달라진 동아시아 정세를 돌이켜 보며 깊은 사색의 심연에 빠져 들고 있었다. 그것은 불과 10년 전부터 시작된 미국과 러시아의 몰락에서 부터였다.

2032년 미국 대통령 선거를 석 달 앞둔 8월 10일 오전 10시, 미국과 멕시코 국경장벽 앞. 20만이 모인 국민 대중 앞에서 멕시코 삼선 대통령인 홀리오 에르난데스의 기념비적인 대국민방송이 준비되고 있었다. 상기된 표정으로 마이크를 잡은 홀리오 대통령은 약간은 흥분된 어조로 국민들에게 연설을 시작했다.

"사랑하는 나의 신과 멕시코 국민들이여, 이제 오늘 나는 그동안 우리를 온갖 고통에 빠뜨렸던 마약 카르텔과의 전쟁에서 승리했음을 선언합니다. 10여 년에 걸쳐 20만의 사망자와 300만의 부상자가 발생했고, 저도 세 번의 피격을 입었습니다만 굴하지 않고 그 끈질긴 마약과의 고리를 끊었습니다. 이 시간부터 우리는 더 이상 미국의 마약 공급국이라는 오명에서 벗어날 것입니다. 이제 우리의 소중한 아이들이 학교를 포기하고 마약 생산에 동원되는 일은 없을 것입니다. 앞으로 우리 조국 멕시코는 신의 은총 속에 미국의 굴레에서 벗어날 것입니다. 10년이 넘는 기간 동안 저를 믿고 고통을 감내해 주신 우리 국민들께 이 영광을 돌립니다. 오늘 나는 선언합니다. 오늘부터 우리 위대한 조국 멕시코는 새로운 독립의 역사를 쓸 것입니다."

이 선언 후에 시작된 대중들의 우레와 같은 환호와 열정과 기쁨의 박수는 30분이 넘도록 끊임없이 이어지고 있었다. 오늘의 이 역사적인 선언과 대중들의 차오르고 있는 감동은 외신을 타고 전 세계로 퍼져나가기 시작했다. 잠시 후 대중들은 서로를 부둥켜안으며 기쁨의 눈물을 흘리고 있었다. 이토록 국민들이 기뻐하는 이유는 멕시코 국민들의 자존심을 짓밟았던 눈앞의 장벽을 국민들의 힘으로 조만간 무너뜨릴 수 있다는 믿음이 있어서였다. 또한 이것은 국가의 미래를 위해 자신의 목숨도 거는 위대한 지도자를 신뢰하고 따랐던 결과였다. 그렇지만 이 날 훌리오 대통령은 자국의 미국 불법 이민자에 대해서는 어떠한 언급도 하지 않고 있었다.

이날 발표한 멕시코의 선언은 미국 내부에 어마어마한 후폭풍을 일으키고 있었다. 그동안 미국 국민 가운데 극빈층인 10%가 병원의 값비싼 진통제 대신에 멕시코에서 공급되는 마약인 펜타닐을 저렴하고 손쉽게 구입해 왔었다. 이제 그 루트가 끊김에 따라 이 극빈자들은 그 비싼 의료보험을 이용할 수 없는 현실에서 다른 대안 루트가 없는 한 이제 극한의 고통에 시달릴 수밖에 없게 된 것이다. 한편으로 멕시코의 갱단이나 마약상에 공급되던 총기들도 판로가 없어지게 되었으며, 이 무기들은 마약 구입에 불만을 갖게 된 이들에게 자연스럽게 흘러들어가고 있었다.

미국 대통령 선거를 얼마 앞두고 터진 멕시코 대통령의 선언은 가뜩이나 높은 물가로 인기가 떨어지고 있었고, 재선을 노리고 있는 공화당 후보인 조지 맥카일에게는 치명적인 것이었다. 마약 판매와 무기 수출로 상당한 재정을 확보했던 부분이 사라지고, 그 마약 루트의 대안인 중국과 아시아의 협조가 안 되는 상황에서 맥카일의 선택은 세금을 늘리는 길 밖에 방법이 없었다. 세금을 늘리는 길은 바로 선거에서 패배하는 길이었다. 재원이 줄고 있는 마당에 세금을 늘리지 않으려면 해외에 파견되어 있는 모든 군사와 정보에 관련된 인력과 시스템을 축소하는 길 밖에는 방법이 없었다. 이는 그동안 미국을 지켜왔던 동맹들과의 협력을 포기하며 세계에서 미국의 영향력이 현저히 감소함을 의미하는 것이었다. 깊은 고민 끝에 맥카일은 참모들의 극심한 반대에도 불구하고 세금 인하를 선거정책으로 추진하기로 했다. 상대당인 민주당 후보인 샤론 토마스가 선거에서 불리할 것을 알면서도 세금인상을 택한 것과는 대조적으로.

10월 15일 오후 2시. 미국 텍사스 주지사 공관 앞에서는 미국의 이민정책을 반대하는 중남미 불법이민자들 수천 명이 항의 집회를 열고 있었다. 그들은 오늘 이 집회에서 자신들에게 관대한 정책을 펴고 있는 모런 니콜 주지사와의 면담을 요구하고 있었다. 집회가 진행된 지 한 시간이 흘렀을 즈음 30분 후에 주지사가 참석할 것이라고 비서실 직원의 연락을 받은 주최측은 여유있게 행사를 진행하고 있었다.

그러나 다음 준비를 하고 있던 순간, 집회 공간 뒷부분에서부터 수백 발의 총성이 울리기 시작했다. 주지사가 조금 후면 도착한다는 사회자의 멘트에 긴장을 풀고 있던 집회장은 순식간에 아수라장이 되었고, 용의자로 보이는 3명의 백인 청년들이 기관총을 난사하면서 생지옥으로 변하고 말았다. 30분에 걸친 총격의 결과는 충격적이었다. 사망자가 백 명을 넘었고, 부상자 또한 천 명에 이르는 등 최근에 발생한 총기 사건 중 최대의 끔찍한 사고였다. 연설을 하러 온 모런 주지사는 졸지에 사고 수습을 해야 하는 비운을 맞게 되었다. 대통령 선거를 불과 2주 앞두고 터진 이 사고의 영향으로 유권자들은 총기 생산을 줄이기 위해서 재정을 덜 쓰는 긴축 정책을 지지했으며, 신자유주의 경제체제 하에서 정부의 간섭을 줄이고 세금을 적게 내자는 맥카일의 전략은 주효하여 그는 재선에 성공하였다. 이런 대통령 선거 결과로 미국은 더 이상 각국의 내정에서 간섭을 줄일 수밖에 없었으며, 특히 중국이 있는 동아시아에서 그 영향력이 현저히 줄어들고 있었다.

한편 그동안 미국과 함께 세계 초강대국의 위치에 있던 러시아의 푸틴은 우크라이나 전쟁에서 사실상 패배하고 막대한 손실을 감수하며 실각했고 우크라이나는 나토 가입에 성공했다. 그 다음 실권을 잡은 이마노프 슐랭코프 대통령은 2036년 12월 참모들과 대통령궁에서 심각한 회의를 하고 있었다.

"그래, 하리쇼프 비서실장, 이번에는 벨로루시와 카자흐스탄이 나토에 가입하려는 것이 맞소?"

"각하, 제가 확인해 본 바로는 가까운 시일 내로 가입을 신청한다고 합니다."

"다른 가입국들의 반응은 어떻소?"

"카자흐스탄은 별 반대가 없으나 우리와 우호적이었던 벨로루시의 가입은 반대하는 나라가 좀 있는데 이들 나라들을 우크라이나가 적극 설득하고 있다고 합니다. 우크라이나가 우리와의 전쟁에서 승리하고 자신감을 얻어 나라를 재건해서 그런지 반대했던 나라들도 찬성으로 돌아서고 있는 형편입니다."

"미국이 대내외적으로 세력을 잃으니 이제는 나토가 우리를 막는 존재로 커버렸소. 그러나 벨로루시만큼은 가입을 막아야 하지 않겠소? 토르브나 국방장관, 당신 의견은 어떻소?"

"그렇습니다, 각하. 벨로루시가 가입이 되면 러시아의 가장 큰 우방을 잃게 되며 시리아 등 다른 우방국들도 동요하게 될 것입니다."

"으음, 하리쇼프 비서실장. 그렇다면 지금 우리가 할 수 있는 선택은 무엇이요?"

하리쇼프는 이때 마음속으로 '이마노프 대통령은 푸틴과 다르게 매사에 신중하고 합리적인 지도자이다. 만약 푸틴 대통령이었다면 참모들의 의견보다는 자신의 주장을 밀어붙였을 것이다. 하지만 자신에게 중대한 사안을 물어본 이상 자신도 냉정한 현실을 대답해야만 한다.'라고 생각을 굳게 다지고 있었다.

"각하, 지금은 우리 러시아의 안보도 어렵지만 경제가 특히 어려운 상황입니다. 우크라이나와의 전쟁에서 패전 후, 막대한 전후보상금 지불과 서방의 제재로 원유나 천연가스의 수출도 막혀 있습니다. 이제 겨우 긴축재정으로 경제회복을 하려는 시점에서 또다시 나토 가입을 막는다는 명분으로 전쟁이 일어난다면 그것은 우리 조국 러시아에 회복하기 어려운 고통의 길일 것입니다. 물론 지금 당장 저 두 나라의 가입이 불쾌하고 눈에 가시겠지만 저희가 전후보상금을 갚을 때까지 무력행위는 자제하는 것이 차선의 선택이라고 생각합니다."

"그런가, 미하일 내무장관의 생각은 어떻소?"

"예, 각하. 저도 비서실장님의 의견에 동감합니다. 이미 우크라이나와의 전쟁에서 겪었듯이 우리는 너무나 많은 젊은이들을 잃었습니다. 무기야 다시 만들면 되지만 한 번 조국을 떠난 부모의 마음은 돌아오지 않습니다. 다시는 러시아가 전쟁의 소용돌이에 휩쓸리면 안 될 것입니다."

잠시 자리에서 일어나 창밖의 설경을 보며 생각에 잠겼던 이마노프 대통령의 입에서는 이런 결론이 나왔다.

"미국도 나토와 각을 세우지 않으려 저리 애쓰고 있는데 우리가 무슨 해결사라고 간여하겠소. 이번 두 나라 나토 가입은 그냥 넘어갑시다."

이렇게 미국, 러시아 두 초강대국의 영향력은 가내 총리를 비롯한 세계의 지도자들과 국민들에게서 시나브로 사라지고 있었다.

04
동아시아 민족문화 연구소

　다음날인 12월 1일 오전 10시, 하루꼬는 자신의 방에서 남한의 대통령 정책수석인 정현민에게 전화를 걸었다. 하지만 그는 벨 소리가 20번이 다되도록 전화를 받지 않았다. 그녀는 전화를 끊고 창밖을 내다보며 깊은 상념의 바다에 잠기고 있었다.

　'오늘 나는 기필코 우리 일본 민족의 운명이 달린 문제를 현민씨에게 전해야 한다. 과연 우리는 백만 명의 소수이긴 하지만 가야 김수로왕의 후손으로서 일본 열도의 침몰을 앞두고 남한 땅으로 돌아갈 수 있을까? 정녕 남한의 대통령과 국민들은 우리를 같은 선조의 후예라고 인정해 줄 것인가? 일전에 현민씨가 조심스럽게 말했던 우리를 살릴 프로젝트는 과연 무엇일까? 이제 우리가 감내하고 가야할 고통의 끝은 어디일까?'

　끝없는 상념들이 꼬리에 꼬리를 물고 그녀를 깊은 고뇌의 수렁으로 빠져들게 하고 있었다. 고개를 숙이며 한없는 고통과 절망의 현실에 괴로워하고 있을 즈음, 그녀의 핸드폰이 울리고 있었다. 바로 현민씨였다. 그녀는 조심스레 전화를 받았다.

　"정현민 수석, 그동안 잘 지냈죠?"

　그녀는 너무도 긴장을 하니 자신도 모르게 존댓말이 나오고 있었다.

"하루꼬, 다른 정치인들과 있어? 우리 사이에 무슨 존댓말?"

"응, 현민씨, 그런 건 아니고........."

뒷말을 잇지 못하는 하루꼬의 의중을 신중한 현민은 눈치 채고 있었다.

"하루꼬, 긴장한 말투를 보니 나에게 중요한 애기를 해야 돼서 그렇지?"

잠시 적막한 시간이 흐르고 하루꼬는 어렵게 입을 떼었다.

"현민씨, 남한의 신대통령에게 가내 총리님의 뜻을 전달해주었으면 해. 바로 내년 1월에 남한 정부에서 우리 가야의 후손들인 백만 일본인들의 이주를 허락해 주었으면 해. 나머지 대다수 국민들은 강경파인 혼조 부총리를 따르겠다고 하고 있어. 어떻게 신대통령이 우리를 받아줄 가능성이 있을까?"

설마 했던 하루꼬의 제안에 현민도 한동안 말이 없었다. 5분 남짓한 시간은 하루꼬에게는 바다에 표류하는 난파선의 5시간과도 같이 길고도 길었다.

"몹시 어려운 제안이지만 우리도 지금 일본의 상황이 급격히 어려워지고 있다는 것을 알고 있어. 내년 초에는 전 일본 열도가 물에 잠길 것이라는 우리 기상청의 보고도 있고, 혼조 부총리가 공공연히 자위대를 움직여 남한을 침략한다는 첩보도 들어오고 있어."

"현민씨, 이제 우리가 기대할 것은 남한 정부가 우리를 받아 주기만을 바랄 뿐이야. 작년 9월 동아시아 민족문화 연구소 연수 교육 때, 잠깐 나에게 언질을 준 적이 있잖아. 남한과 북한의 잃어버린 영토를 찾겠다는 계획은 진행되고 있는 것이지?"

간절하고도 절박한 하루꼬의 질문 의도를 현민은 잘 알고 있었다.

"으음, 하루꼬. 이 부분은 지금 뭐라 설명할 수 없어. 나로서는 신 대통령께 면담 신청을 하고 긴밀히 상의해서 알려줄게. 최선을 다해 보겠으니 나를 믿고 꼭 기다려 줘. 하루꼬."

"그래, 현민씨. 전화 기다릴게."

정말이지 옆에 현민이 있었다면 하루꼬는 그를 부둥켜안고 눈물을 펑펑 쏟았을 지도 몰랐다. 한없는 서러움과 슬픔 속에 두 뺨에 흐르는 눈물을 닦을 생각도 하지 않고 있는 하루꼬의 기억 속으로 자신과 현 민이 2034년부터 4년을 같이 했던 동아시아 민족문화 연구소가 떠 오르고 있었다.

대만 동부의 중심도시 화롄시에 위치한 동아시아 민족문화연구 소. 이곳은 10년 전인 2030년, 동아시아의 중국, 대만, 일본, 북한, 한국 등 다섯 나라의 지도자들이 자국의 엘리트 지도자를 육성하고 자 서로 뜻을 모아 세운 동아시아 최고의 엘리트 교육기관이다. 당 시 봉사정신과 헌신의 이념을 존중한 5개국 정상들이 뜻을 모아 자 재공덕회가 자리한 대만의 화롄시로 위치를 정하였다. 처음에는 중 국에서 자신의 수도인 베이징을 강력 추천하였으나 단순히 자기나 라에만 봉사의 손길을 펼치는 자국 중심이 아닌 모든 나라들이 인정 하는 평화와 봉사를 펼치는 대만의 자재공덕회의 활동을 높이 산 4 국의 정상들이 추천하여 대만으로 자리를 정하게 되었다. 이곳의 교 육기간은 4년이었으며 3개 국어에 능통한 자국 내의 최고급 엘리트 들 가운데 한 명만을 선출하여 보낼 수 있는 그야말로 최상의 지도 자 수업과정이었다.

화롄시 북쪽으로 10키로 떨어져 있는 동아시아 민족문화 연구소는 베이지색 3층 건물로 단아하고 은은한 느낌을 주고 있었다. 연구소 내 정원에는 녹나무, 유동나무, 큰 잎 낚시와 큰 잎 난초들이 제각기 저마다의 싱그러운 자태를 뽐내고 있었다. 교육과정으로 1년 10개월 본 연구소 수업을 받고, 2개월은 자국 내 활동인 이 연구소에는 5명의 교수진과 5명의 연수생이 있었다. 5개국 교수는 중국이 군사, 대만이 경제, 일본이 정치, 북한이 역사, 한국이 문화를 맡고 있으며 자국 내 최고의 실력자가 교수로 초빙되어 최상의 수업을 준비하고 있었다. 1층에는 대강의실과 토론실, 각국의 학문 분야의 서적을 망라한 도서관과 식당이 자리하고 있으며, 2층에는 연수생들의 숙소와 체력 단련실, 요가 실습실, 명상 훈련실과 휴게실 등이 있었다. 3층에는 이곳의 관리 총책임자인 대만의 쯔이 왕위인 연구소장의 사무실과 교수진들의 숙소로 이루어져 있었다. 또한 연구소 옆 동에는 경호와 관리를 담당하는 직원들의 사무실 및 숙소로 이용되고 있었다.

한편 2034년 1월 5일 쯔이 연구소장은 10일 열리는 축하 리셉션 준비를 위해 비서인 류웨이홍으로부터 받은 제2기 교수진과 연수생 명단을 들여다보고 있었다. 교수와 연구생으로는 중국 천쿤(군사)와 위샤오통(남), 대만은 리쯔웨이(경제)와 왕링링(여), 일본은 니시오 이치로(정치)와 가내 하루꼬(여), 북한은 강승조(역사)와 조미령(여), 한국은 김동성(문화)와 정현민(남) 등이었다.

하루꼬는 첫 연수가 시작되던 날, 당당하던 현민의 모습을 떠올리며 살며시 미소를 짓고 있었다. 2034년 1월 10일 제2기 동아시아 민족문화연구소 연수가 시작되는 날이었다. 이 날을 맞아 5개 국의 정상들과 교수진, 연수생들과 축하객들이 모인 1층의 대강의실에서 축하 리쎕션이 열리고 있었다.

먼저 이 연구소 쯔이 왕위인 연구소장의 인사말이 시작됐다.

"오늘 어렵게 이 동아시아 민족문화 연구소 2기 연수를 축하해 주기 위해서 바쁘신 일정 중에서 시간을 내어 왕림해 주신 5개국 정상 여러분, 진심으로 감사를 드립니다. 저는 연구소장인 쯔이 왕위인입니다. 이 연구소는 2030년 5개국 정상들께서 뜻을 모아 동아시아의 번영과 평화를 위해 설립한 공동 연구소입니다. 자재공덕회의 정신을 살려 저희 대만에 연구소를 세울 수 있게 된 것을 기쁘고 자랑스럽게 생각합니다. 이곳은 전 세계 어느 교육기관과 비교해도 뛰어난 교수진과 시설을 갖추고 있습니다. 특히 자국 내 최고의 실력을 지니신 교수진은 저희 연구소의 자랑입니다. 또한 1기의 연수를 마치신 분들께서 현재 자국의 최고위 지도자들로 계셔서 무엇보다 연구소장으로서 보람을 갖고 있습니다. 앞으로 4년 간 이곳에서 최상의 지도자 수업이 되시리라 자부합니다. 고맙습니다."

이때, 듣고 있는 대중들은 박수로 화답하고 있었다.

이어서 중국 정상인 왕후닝 주석의 축하 인사가 이어졌다.

"여러분 반갑습니다. 우리 5개국 정상은 4년 전 동아시아의 발전과 번영을 위해서 이 연구소를 설립했습니다. 연구소 설립을 주도한 곳은 바로 중국이었으며 장소를 양보한 곳도 바로 우리 중국입니다. 미국과 러시아가 쇠퇴하고 있으나 앞으로 세계 평화를 위해서는 우리 중국을 중심으로 동아시아가 대동단결해야 할 것입니다. 지금껏 미국과 러시아를 상대할 수 있었던 나라는 우리 중국 밖에 없지 않았습니까? 앞으로 이 연구소의 성장과 중요한 역할을 기대합니다."

순간 장내의 훈훈했던 분위기는 자만심이 넘치는 왕주석의 발언으로 차갑게 식어만 가고 있었다. 이제 10분 후면 5개국 정상들은 대만의 타이페이에서 열리는 5개국 정상 회담을 위하여 이동을 준비하고 있었다. 그때, 남한의 정현민이 연수생 대표로 소감 발표를 하기 시작했다. 훤칠한 키, 호남형의 외모에 매력적인 중저음이 마이크를 타고 흘러나오고 있었다.

"안녕하십니까. 저는 남한 연수생으로 이곳에 참석한 정현민입니다. 남한을 대표하여 이곳에서 지도자 수업을 받게 됨을 무한한 영광으로 생각합니다. 연구소장님과 왕주석님의 말씀 잘 들었습니다. 저는 앞으로 전 세계의 평화와 동아시아의 번영을 위해서는 무엇보다도 자국의 이익만이 아닌 상대국들과 함께 공생하려는 자세와 정신이 중요하다고 봅니다. 미국과 러시아가 한 때는 세계의 패권을 놓고 경쟁했지만 남은 것은 빈부 격차로 인한 경제의 어려움과 군비 경쟁을 통한 주변국의 고통이라는 공멸의 길이었습니다. 이제는 힘의 논리가 아닌 서로를 존중하는 공생의 자세로 나아갈 때 우리 연구소의 설립 목적인 동아시아의 평화와 번영이 이룩되리라 믿습니다. 감사합니다."

그러자 중국을 제외한 4개국의 대중들은 우레와 같은 박수갈채를 보내고 있었으며, 왕후닝 주석은 미간을 찌푸린 채 고개를 돌리고 있었다.

05
대담한 제안

한편, 하루꼬의 특별한 전화를 받은 현민은 다음날 오전에 계룡대 대통령 관저에서 신민기 대통령을 긴급 면담하고 있었다.

"그래, 정수석. 일본의 가내총리와 하루꼬 장관이 일본국민들을 수용해 달라고 했단 말인가?"

"예, 각하. 전부가 아닌 가야의 후손들인 백만 명의 소수 인원입니다."

"현재 수없이 역사왜곡을 하는 일본의 강경파들이 자신들의 식민지였던 우리 영토를 두고 이주를 허락해 달라고 요청하지는 않겠지. 그나저나 백만이나 되는 인원을 우리는 어떻게 수용할 수 있단 말이요?"

"예, 그게 각하. 일전에 북한의 김주녀 주석하고 간도에 거주하는 조선족들이 원하는 자치정부를 수립하겠다고 계획을 세우시지 않으셨습니까?"

"그랬소. 간도의 조선족들도 자신들을 차별하는 중앙 정부에 독립을 요구하고 있으나 자체적인 세력이 부족하오. 그리고 남한과 북한이 도와서 독립정부를 세운다 해도 경제적인 어려움을 어떻게 극복할 수 있을 지 의문이오."

"각하, 지금 간도 땅에 주요자원인 희토류가 풍부하게 매장되어 있습니까?"

"그렇소. 세계 매장량의 절반 이상이 그곳에 있소. 하지만 중국 정부도 환경오염이 심각하게 발생해서 처리기술에 골머리를 앓고 있어요. 그 기술만 확보되면 희토류 를 자원화 하여 전 세계를 좌우하려고 할 것이요."

"그렇다면 이렇게 추진해 보면 어떻겠습니까?"

국내 정치의 어려운 고비마다 냉철한 판단으로 자신을 보좌하여 고비를 넘겼던 신대통령은 이번에도 정수석의 입에서 어떤 제안이 나올까 긴장되고 있었다.

"각하, 먼저 간도에 우리 남한과 북한에 우호적인 자치 정부가 세워진 후 이번에 우리 남한으로 오는 일본인들을 이곳으로 이주시키면 인력의 어려움은 해결될 것입니다."

"하지만 정수석, 기반 시설이 없는 간도에서 경제적인 어려움은 어떻게 해결한단 말이요? 무슨 특별한 대책이라도 있소?"

"예, 그것이 하루꼬 장관이 하버드대학교에서 화학을 전공하고 박사 학위를 딴 최고의 실력자입니다. 민족의 운명이 걸린 문제이니 반드시 희토류 처리 기술을 개발할 것입니다. 우리로서는 중국의 패권주의를 저지하고 일본의 국민들에게 희망을 주는 묘안이 될 것입니다. 물론 북한의 김주석도 결단을 내려야 할 문제입니다만."

"으음, 희토류가 남한과 북한, 그리고 일본의 운명을 좌우할 수도 있겠구만........"

10여 분을 말이 없던 신대통령은 자리에서 일어나 현민에게 말했다.

"정수석, 잘 알았소. 내 이 문제는 김주석과 핫라인으로 정식 상의

하리다. 정수석은 하루꼬 장관에게 희토류 처리 기술에 대한 확답을 받아오시오. 이삼일 내로 최후 결정합시다."

무거운 대통령의 결심을 들은 현민은 관저를 나서며 자신도 모르는 탄식이 새어나오고 있었다.

이날 저녁, 현민은 하루꼬에게 전화를 해서 대통령과의 면담 결과를 전해 주었다. 너무나도 걱정이 많았던지 하루꼬는 통화 중에 눈물을 흘리고 있었다.

"현민씨. 너무 고마워. 이렇게 우리의 요청을 받아주어서. 아빠와 나는 요즘 하루도 편히 잘 수가 없었어. 특히 아빠는 혼조 부총리와 강경파들에게 전쟁을 왜 반대하느냐고 위협을 당하고 계셔서 몸과 마음이 무척 힘든 상태야."

"그래, 얼마나 고민이 많으시겠어? 하지만 이미 일본 열도가 그런 상황이라면 모든 국민들을 받아줄 나라는 없을 거야. 비록 소수라도 고통을 견디고 살아갈 방법을 찾아야지. 하루꼬도 마음을 굳게 먹고 희토류 처리 기술을 개발해야 돼. 그것만이 백만의 일본인과 간도 자치국이 중국의 압박에서 벗어나 자유롭게 살 수 있는 길이니까."

"그래요. 현민씨. 어떤 어려움이 있어도 꼭 개발할게. 민족의 운명과 미래가 담긴 일인데 무슨 일이 있어도 이루어 낼 거야."

"알겠어, 하루꼬. 내가 2~3일 내로 최종 결과를 알려줄게. 총리님과 하루꼬는 몸조심 잘 하길 바라고 있어. 이만 끊을게."

현민은 끝내 최대한 감정을 자제하고 전화를 끊었다. 그는 더없이 가내 총리와 하루꼬의 안위가 걱정되고 있었다. 이제 한반도는 1국 2체제를 이룬 남한과 북한이 내려야 할 결단의 순간이 다가오고 있었다.

그 다음 날인 12월 2일, 오전 한국의 신민기 대통령은 북한의 김주녀 주석과 핫라인 통화를 하고 있었다. 김주녀 주석은 2030년 아버지였던 당시의 김정은 주석이 갑자기 심장마비로 세상을 떠나자, 동아시아 민족문화 연구소에서를 연수를 그만 두고 북한 최고위층의 의결을 통해 제4대째 권력을 세습하여 나라를 통치하고 있는 인물이었다. 10년 전만 해도 우호적이었던 중국과 북한은 최근 중국이 간도의 조선족 독립 추진에 북한이 배후에서 조종을 하고 있다고 주장하면서 신뢰에 금이 가기 시작했다. 또한 김주녀 주석이 다시 권력을 장악하자 중국에서는 북한 체제를 뒤흔들 만큼 강도 높게 권력세습을 비판하면서 양국 관계는 한 치 앞을 모를 안개 속을 걷고 있었다. 여기에다 중국이 다시 동북아 주변국은 자신들의 역사와 문화였다는 동북공정을 시작하면서 자존심이 강한 북한은 중국과 일촉즉발의 위험천만한 살얼음판을 걷고 있었다.

먼저 신대통령이 일본의 제안을 설명하고 김주석을 의견을 기다리고 있었다.

"예, 말씀 잘 들었습니다. 대통령님. 문제는 언제 일본이 남한을 침공하고 가내 총리 일행이 온다는 거지요?"

"일본 내 강경파들의 움직임으로 보아 올해 말이나 내년 초가 유력합니다. 하루하루 촌각을 다투는 문제입니다. 바로 극비로 북한의 의견을 통일해 주십시오. 수없는 고난이 따르겠지만 간도에 자치국이 세워지면 우리가 그토록 염원했던 계획이 이루어지는 첫 단추가 될 것입니다."

약간은 상기되어 있는 신대통령의 들뜬 음성이 들리고 있었다. 아직 30대 중반인 김주석은 생각이 복잡다단해지고 있었다. 그녀도 신중하게 답변했다.

"그것이 우리의 생각대로 이루어진다면 얼마나 좋겠습니까. 하지만 중국의 대응이 어떻겠습니까? 그들이 아무리 원인 제공을 많이 했어도 가만히 앉아서 당하고 있겠습니까?"

"우리 정현민 수석이 파악한 바를 말씀 드리면 지금 중국과 국경을 맞대고 있는 인도와 베트남의 동향이 심상치 않다고 합니다. 일본이야 그리 영향이 없겠지만 서장의 티벳과 신장의 위구르도 독립을 강력히 원하고 있어서 지금 중국은 사면초가의 형국입니다. 특히 대만의 상황도 긴박하여 일본과 같은 운명입니다. 만약 대만이 서남부 본토를 장악하고 동시다발적으로 주변국들과의 국경 분쟁이 생기며, 우리가 간도를 장악한다면 중국으로서는 그야말로 최악의 시나리오일 것입니다."

신대통령의 답변은 김주녀 주석으로서는 동의를 할 수밖에 없는 치밀하고도 냉정한 동아시아의 정세 분석이었다.

약간의 침묵이 흐른 후 김주석이 결심한 듯 답변했다.

"좋습니다. 저도 남한을 믿고 계획을 추진하겠습니다. 모든 거사는 타이밍이 중요한 것이지요. 며칠 내로 세부적인 사항을 결정하도록 하지요."

"힘을 모아주신다니 천군만마를 얻은 기분입니다. 어려운 결정 해주셔서 고맙습니다. 김주석님."

"아닙니다. 이번에 중국의 도발을 보면서 어떻게 주체적으로 대응해야 하나 고심이 컸는데 차라리 잘되었습니다. 중국에 굴복하느니 같은 민족이 뜻을 모아야지요."

"예, 정말 대담하십니다. 감사드립니다. 아직 젊으신데 그리도 과

감한 결정을 하시다니."

"아닙니다. 우리가 두는 바둑에서 이런 말이 있지 않습니까? 장고 끝에 악수를 둔다고 말입니다. 그런데 이번에 이런 제안을 한 사람이 정현민 수석이라고 하였습니까?"

갑자기 제안자인 정수석을 묻는 김주석이었다. 의아해하며 신대통령이 대답했다.

"예, 저희 차기 대통령 후보인 정현민 정책수석입니다. 무엇 때문에 물어 보시는 지요?"

"아, 그것이 어떻게 내 마음을 읽은 것처럼 분석을 하고 제안을 할 수 있는 지 어떤 사람인가 궁금해졌습니다. 가까이서 그런 참모가 대통령님을 보좌하고 있으니 얼마나 든든하십니까. 우리도 그런 참모가 있었으면 하고 부러워서 물어본 겁니다. 변심하지 않을 터이니 너무 걱정하시지 마시라요."

"아닙니다. 변심을 걱정하다니요. 아닌게 아니라 정수석 같은 참모는 누구나 부러워하지요. 제가 참모 복은 있나 봅니다. 그럼 2~3일 내로 다시 연락드리겠습니다."

통화를 마친 신대통령은 비밀 벙커에서 나와 잠시 휴식을 취하며 구름 낀 하늘을 바라보고 있었다. 대담한 제안을 하고난 후에 맞이할 두 나라의 운명인 듯 수많은 구름들이 변화무쌍하게 모습을 바꾸고 있었다.

06
5국 5색

    이날 오후 신대통령께 북한의 김주석과의 통화 내용을 들은 현민은 바로 고심하고 있을 하루꼬에게 이 소식을 전했다. 하루꼬는 이제 안도의 한숨을 내쉬고 있었다.

    "휴우, 현민씨. 두 분 정상들이 그렇게 결심하신다니 우리로서는 불행 중 다행이네요. 오늘 우리 국민들을 대상으로 한 여론 조사가 있었어요. 가까운 시일 내로 일본열도가 물에 잠긴다면 어떻게 하겠냐는 질문에 30%의 노년층들은 조국과 함께 운명을 같이 하겠다고 했어요. 그만큼 이 땅에서 수없이 쌓은 인생과 가족들과의 추억, 가업에 대한 애착, 조국에 대한 애정 등 중년 이상의 일본인이라면 그런 선택을 할 거예요. 하지만 지금 한창 커가는 어린아이들의 미래를 생각한다면 우리를 받아주는 외국으로 이주 신청을 해야 한다고 나는 생각해요. 그런데 이렇게 이민 신청을 해보지도 않고 무조건 전쟁을 벌이려는 혼조 부총리를 비롯한 강경파들의 무모함을 나는 도무지 이해할 수 없어요."

    현민은 신중히 대답했다.

    "그야 물론 막강한 자위대의 전력을 믿어서겠지. 설마 남한과 북한이 사라지는 일본에 핵공격을 할 것이라고는 꿈도 꾸지 않겠지만. 하지만 이제 일본의 운명의 키는 남한과 북한이 쥐게 될 것이야. 혼조 부총리는 이를 인정하고 싶지 않겠지만. 하루꼬, 아버님과 자신의 안위를 조심해야 해. 강경파들이 어떻게 나올지 모르니까. 알았지."

"예, 현민씨. 명심할게요. 두 나라의 최종 결정 사항 나오면 다시 연락해 줘요."

통화를 끊은 현민에게 하루꼬와의 인연이 시작된 동아시아 민족문화 연구소에서의 추억들이 방파제를 때리는 파도처럼 서서히 차오르고 있었다.

2034년 6월, 1학기 연수가 끝난 동아시아 민족문화 민족 연구소의 정원에는 시원스런 바람이 불어오고 있었다. 홀가분한 마음의 연수생들은 정원의 잔디에 모여 앉아 자신들의 소감을 얘기하고 있었다. 이들은 대부분 나이가 30대말과 40대 초반들이고 모두 미혼이었다. 자국 내에서 엘리트 교육을 받고 해외 유학까지 마친, 대부분 지도자 수업에만 전념했던 인물들이었다. 그동안 6개월 동안 교육을 함께 받아서인지 이들은 서로 개인적으로도 친숙해진 상태였다. 먼저 이번 교육생 중 중국의 위샤오통이 말문을 열었다. 그는 쾌남형 용모와 독단적 성격이 인상적이었다.

"여러분, 우리 이번 학기에 받았던 교육 내용 가운데 가장 기억에 남는 것이 무엇이었는지 한 번 토론해 봅시다."

서로들 눈빛을 주고받으며 어색한 동의를 하는 가운데 북한의 조미령만이 불쾌한 내색을 하고 있었다. 아마도 그녀는 위샤오통의 일방적인 토론 진행이 불편한 것 같았다. 위샤오통은 이런 가운데 말을 잇고 있었다.

"예, 나는 무엇보다 군사 부문을 강의했던 천쿤 교수가 제일 잘 했다고 느낍니다. 특히 세계 최고의 정치 지도체제인 중국 공산당을 이끄는 역대 주석님들의 리더십 설명이 인상적이었어요. 여러분들도 이번에 확실하게 배워 두세요. 우리 주석들께서는 자신이 최고 지도자가 되면 물러난 전임 주석들의 철학과 통치 스타일을 존중하고 찬양합니다. 한 예로 덩샤오핑 주석은 마오쩌둥 주석 당시 두 번이나 좌천당했음에도 보복하지 않고 나중에 마오 주석을 찬양했습니다. 진정 대국의 지도자 아닙니까? 우리는 절대로 전임자에 대한 정치 보복이나 깎아내리는 정치 행위를 하지 않습니다. 남한이나 대만에서는 정권을 잡으면 전임자들을 감옥으로 보내는 후진적인 정치를 하고 있지 않습니까? 물론 북한은 세습을 하고 있으니 여기서는 예외이군요. 아무튼 이런 후임자가 전임자를 존중하는 전통이 지금 우리 중국이 미국과 러시아를 누르고 유일한 초강대국으로 만든 자랑스런 군사와 정치의 전통입니다."

자만심이 넘쳐흐르는 위샤오퉁의 소감이었다. 그러자 이에 질세라 대만의 왕링링이 말을 이었다. 그녀는 아담한 체구지만 평소의 굳게 다문 입술은 그녀가 야무진 성격의 소유자임을 알게 해 주고 있었다.

"중국이 대국이라고 자신들은 자부하지만 제가 볼 때에는 그렇지 않아요. 그들은 우리 대만을 자신의 일부라고 우기고 정식 국가로 인정하지 않고 있어요. 이런 태도는 오로지 힘으로만 주변국들을 누르려는 신패권주의의 또 다른 모습 아닌가요?

그리고 우리 대만은 50년의 세월 동안 일본의 식민지였으나 이를 극복하고 경제를 살려서 빈부 격차가 없는 경제적으로 선진국이 되었어요. 비록 국제적으로 많은 나라로부터 정식 국가로 인정받고 있지는 못하지만 따뜻한 인류애의 실현을 위해 재난이 난 곳은 우리와 설령 적대국이어도 제일 먼저 구조 활동을 하는 자랑스러운 나라가 바로 대만입니다. 앞으로도 우리는 도움이 필요한 곳은 어디든지 달려갈 거예요."

약소국의 설움과 자비사상을 실천하고 있다는 자부심이 담겨 있는 왕링링이었다. 여기에 북한의 조미령이 가세하고 나섰다. 그녀는 호리호리하지만 강단이 있었다.

"중국은 주변의 나라들에 대한 내정 간섭을 그만 두시오. 아무리 약소국이라도 그 나라의 일은 주체적으로 그 나라 국민들이 결정하는 것이오. 특히 우리나라 김주녀 주석을 세습한다고 비난하는 것은 우리 공화국의 자존심을 건드는 일이오. 그리고 우리 인민들의 인권이 전 세계 최하위라고 서방에서 주장하고 있지요. 물론 우리가 서방에 비해 경제적으로 잘 사는 나라는 절대 아니지요. 하지만 우리 인민들은 초강대국인 미국을 상대해서 지지 않았다는 자부심이 있지요. 세계 어떤 나라가 4대의 세습이 가능합니까? 그것은 미국에 대항했다 사라진 리비아, 이라크, 아프가니스탄의 독재자들과는 차원이 다른 얘기입니다. 강승조 교수님 말씀처럼 우리 인민들은 배부른 돼지보다는 배고픈 소크라테스가 될 것이며, 배부른 자본가들보다는 주체적인 인민이 될 것이오. 이제 우리 공화국은 당신네 중국으로부터 원조를 받아 구걸하던 나라가 아니라는 점을 분명히 명심하시오."

분위기가 사뭇 적대적으로 흐르고 있었다. 애초에 교만하고 상대를 얕보는 위샤오퉁이 문제지만 이 자리는 지금 정치 논쟁의 장소는 아니었다. 이때 항상 남을 배려하는 성격과 동양미를 갖춘 하루꼬도 입을 열었다.

"여러분, 지금 우리는 동아시아 평화와 번영을 위해서 각 나라를 대표하여 이곳에 와서 훌륭한 교수님들로부터 수업을 받았습니다. 저는 다른 나라들의 정치인들이 우리 일본의 정치에서 자민당이 그 토록 오래 장기 집권을 하는 것이 이해를 할 수없다고 말하는 것을 종 종 들었습니다. 하지만 자민당 내에는 여러 계파들이 야당의 역할을 합니다. 그리고 국익을 위해서는 계파를 초월하여 통일된 목소리를 냅니다. 이렇게 이념과 진영을 초월한 정치가 아마도 우리 일본의 선 진적인 정치문화라고 생각합니다. 그리고 저는 이곳 대만의 자비구 호 사상을 실천하는 자제공덕회의 활동에 깊은 감명을 받고 있습니 다. 수많은 재난 현장에서 가장 먼저 구조를 하는 행동이야 말로 그 어떤 이론보다도 깊은 감동을 줍니다. 우리 이제 더 이상 서로를 자극 하는 발언은 자제하시고 상대의 장점을 배웠으면 하는 바램입니다."

부드럽게 미소 지으며 중재하는 하루꼬의 모습은 마치도 6월의 신 록처럼 싱그러웠다. 머쓱한 분위기를 눈치 채고 위샤오통은 왕링링 을 향해 고개를 숙이며 사과했다.

"나는 절대 대만을 얕보거나 무시할 의도는 아니었소. 불쾌했다면 사과하겠소."

왕링링은 위샤오통의 즉각적인 사과가 의외인 듯 고개를 주억거리 고 있었고, 사과를 받지 못한 조미령은 아직도 분을 삭이지 못하는 표 정이었다. 이때, 현민이 조심스럽게 말을 꺼내고 있었다.

"저는 이 자리가 앞으로 우리들이 허심탄회하게 마음을 열고 머리 를 맞대며, 동아시아 여러 나라들의 어려운 문제들을 상의하는 소중 한 만남이 시작되는 초석이 되리라 믿습니다. 저는 이곳에서 6개월의 짧은 기간이지만 일본의 선진 정치, 중국의 권력자들의 리더십, 대만 의 선진 경제와 인류애, 북한의 주체적인 역사 인식 등의 최고의 강의를 들으며 깊은 보람을 느끼고 있습니다. 지금 세계 정세는 한 치 앞을 알 수 없을 만큼 변화무쌍하게 돌아가고 있습니다. 물론 자국의 이익이 가장 소중하겠지만 우리는 이곳에서의 인연을 바탕으로 새로운 동아시아 협력 시대를 열어나가기를 소망합니다."

합리적이고도 포용적인 현민의 얘기를 들으며 하루꼬와 조미령은 애틋한 눈길을 주며 박수를 치고 있었고, 위샤오퉁과 왕링링도 미묘한 눈빛을 주고받고 있었다. 서로들 악수를 하고 다섯 나라의 연수생들은 차분하게 자신들의 숙소로 향하고 있었다. 잠시 후 그들의 발길 앞으로 고요한 연못이 나타나고 있었다. 그들의 발길과 눈길이 연못으로 향할 즈음 갑자기 거센 소나기가 내리기 시작했다. 거센 비바람은 잔잔하던 연못 위에 수많은 빗줄기를 뿌리며 무수한 물결을 만들어 내고 있었다.

거세게 내리는 비를 피해 현민과 하루꼬, 위사오퉁과 왕링링은 서로의 손을 잡고 숙소로 뛰어가고 있었으며, 이 모습을 미령은 뒤에서 비를 맞으며 현민을 쓸쓸하게 바라보고 있었다. 숙소로 돌아와 오늘을 정리해 보던 네 나라의 연수생들에게는 설핏 이런 예감이 들고 있었다.

잔잔하던 연못이 거센 비바람에 순식간에 물결로 요동치듯이 동아시아의 앞날도 지금은 안정적인 분위기지만 앞으로 어떻게 변할지 그 누구도 장담할 수 없으며, 특히 유일한 초강대국을 노리는 중국의 신패권주의로 인하여 어떤 쓰나미의 물결로 차오르게 될지 아무도 알 수 없다는 것이었다.

제2부

바람의 시대 - 뒤흔드는 것들

07

세 권의 책

2034년 6월 15일 오후 5시. 중국 베이징 중난하이 입구, 동아시아 민족문화 연구소 연수생인 위샤오통과 왕링링은 중난하이 서북쪽 옥천산에 위치한 왕후닝 주석의 사저를 방문하기 위하여 차량으로 이동하고 있었다. 연구소 1달의 휴식 기간에 왕주석의 특별 비공식 초대를 받은 왕링링은 민족문화 연구소에서 위샤오통이 자신에게 '왕후닝 주석은 자신을 후계자로 밀어주면서 한편으론 양아들처럼 친숙하게 생각하고 있다.'라고 얘기하는 것을 들은 적이 있었다. 하지만 이렇게 자신까지 극비의 장소인 이곳 왕주석의 사저에 초대를 하리라고는 전혀 예상하지 못했다. 잠시 후 자신들을 태운 의전 차량은 중난하이 입구인 신화문을 지나고 있었다.

신화문 후면에 보이는 '인민을 위해 봉사하라'는 문구는 제1대 마오쩌둥 주석의 친필이라고 위샤오통이 왕링링에게 귀뜸하고 있었다. 또한 베이징 시민들의 접근이 허용되지 않는 관저시설인 중난하이는 백만 평이 넘는 부지의 절반에 해당하는 2개의 호수 이름인 중해와 남해를 합친 이름이며, 이곳에 중국 공산당의 핵심 간부들의 관저와 숙소들이 있다고 위샤오통은 설명을 덧붙이고 있었다. 얼마 전 연수 기간이 끝나고 있었던 토론 자리에서 자신의 실수를 바로 인정하고 사과하는 위샤오통의 모습에서 솔직함을 느낀 왕링링은 시간이 지날수록 다정다감한 위샤오통의 진솔한 인간미에 마음이 열리고 있었다. 다만 독단적인 의사 결정이 하나 마음에 걸리는 부분이기도 하지만 그 또한 대국의 차기 지도자로서 불가피한 면도 있으리라 이해하고 있었다.

또한 위샤오통 역시 아담한 체구에 동양적인 미인이며 자기주장이 확실한 왕링링의 매력에 마음을 빼앗기고 있었다. 왕링링은 전에 얘기를 들은 적이 있었지만 실제로 직접 보니 이 거대한 관저 시설들의 규모에 적지 않게 놀라고 있었으며, 마음 한편으론 '백년이 다 되는 중국공산당 혁명과 백만 평이 넘는 중난하이 부지, 지금의 중국 국민들은 과연 마오쩌뚱과 중국 공산당을 어떻게 받아들이고 있을까?' 하는 의문이 새록새록 생겨나고 있었다.

6시가 거의 다 되어 옥천산 초입에 자리 잡은 3층의 왕주석 사저에 도착했다. 흰색 콘크리트 벽들과 멋들어진 곡선 기와지붕의 조화는 전통과 현대를 아우르고 있으며, 고색창연한 정원과 잘 조성된 인공 연못의 어울림에다 특히 연못에 비쳐지는 정자의 모습이 너무도 고혹스러워 링링의 마음은 마치도 꿈결 속을 떠다니는 듯했다. 실내로 들어서려는데 마중을 나온 왕주석이 두 팔을 벌리며 두 사람을 반갑게 맞았다.

"어서 오시오, 오랜만이요. 위동지."

"1월에 뵙고 다시 인사 올립니다. 왕주석님."

왕주석은 링링에게도 덕담을 보냈다.

"링링양, 연수 잘 받고 있지요? 지난 1월에 봤을 때보다 더욱 아름답습니다. 천총통께서도 안녕하시지요?"

살짝 얼굴이 발그레해진 링링이 선선히 대답했다.

"예, 왕주석님. 걱정해 주셔서 연수 잘 받고 있습니다. 천총통 각하께도 안부 전해드리겠습니다. 그동안 잘 지내셨는지요?"

"나야, 요즘 정세가 요동치고 있어서 마음이 편치 않아요. 대만도 우리의 의사를 안 따르고 특히 남한과 북한이 비협조적이라서 골치가 아파요. 아, 이러지 말고 들어갑시다. 아내가 여러분을 위해서 맛있는 요리를 많이 준비했어요."

왕주석은 흘리는 듯 뼈있는 화제를 던지고 있었다. 왕주석의 사저 1층은 넓은 거실과 주방, 2층에는 2개의 왕 주석의 서재인 매향실과 국향실, 왕주석 가족들의 방이었으며, 3층은 손님들의 숙소로 이용하고 있었다. 주방으로 이동하니 훈훈한 미소를 짓는 펑샤오펑 여사가 직원들과 함께 준비한 저녁 요리를 맛 볼 수 있었다. 보양식 요리인 죽순, 해삼, 전복, 상어 지느러미, 돼지 내장 요리등과 대구구이, 버섯 구기자 잎 찜 등 그야말로 최고의 국빈용 메뉴들이었다. 자신은 술을 못하고 감기 기운이 있다며 펑여사가 양해를 구하고 먼저 자리에서 일어났다. 왕주석은 식탁에 놓인 펀지우를 따라주며 건배를 제의했다.

"자, 이 술은 그 역사가 4천 년이 넘는 다는 우리의 명주 펀지우요. 이 술은 샨시 중부 평원에서 특별히 나는 고량을 원료로 하여 대맥, 원두로 누룩을 만들어 발효시키고, 여러 항아리에서 증류한 후 특유의 비법으로 배합하여 만든다고 합니다. 이 펀지우는 맛이 부드럽고 시원하며 단 맛이 일품이어서 두보와 이백, 특히 내가 존경하는 당나라의 시인이며 화가인 설직이 애호했던 술이라오. 자, 내가 아끼는 두분을 위해 특별히 준비했소이다. 쭉 들이키시오."

위샤오통도 기쁜 표정으로 왕주석을 향하여 잔을 들고 있었다.

"예, 주석 각하. 각별히 신경 써 주셔서 감사드립니다."

왕링링도 중국의 음주 문화를 잘 알고 있기에 왕주석과 눈을 마주치며 잔을 비웠다.

"예, 이처럼 훌륭한 보양식을 준비해 주신 주석 내외분께 깊은 감사드립니다."

서로들 건배를 하며 술을 따르고 잔을 비우니 이곳의 분위기는 한없이 정겹고 더없이 흥겨웠다. 60대 후반인 왕주석은 펑여사와 자식이 없는 지라 예절 바른 위샤오퉁이 자신의 뒤를 잇고 또한 양아들로 삼고픈 마음이 요즘 부쩍 생겨나고 있었다. 또한 분위를 맞추려 독한 펀지우를 비우고 있는 왕링링을 바라보는 왕주석의 눈길은 며느리를 보는 시아버지의 마음처럼 따뜻하기만 했다. 주흥이 무르익고 있을 때 불쾌한 표정의 왕주석이 2층의 자신의 서재로 가자고 제안했다. 이제는 얼굴색이 홍시처럼 붉어진 왕링링을 보며 위샤오퉁은 문득 그녀를 안아 주고픈 마음이 생겨났다. 서로 손을 잡으며 2층의 계단을 올라 매향실에 들어섰다. 그곳에는 독서를 좋아한다는 왕주석이 소장하고 있는 천 권 가량의 각종 서적들이 도서관을 연상케 하고 있었다. 왕링링은 너무 놀라 그만 어안이 벙벙해 지고 있었고, 위샤오퉁은 왕주석을 향해 존경의 눈빛을 보내고 있었다. 뒤따르던 왕주석이 한마디 보태고 있었다.

"이곳의 장서는 천 권 쯤 되오. 그래도 이 가운데 내가 가장 아끼는 책은 바로 이 세 권이오."

왕주석은 뿌듯한 표정으로 서재의 정 중앙부에 소중하게 꽂혀 있는 마오쩌뚱 주석의 저서인 「지구전론(持久戰論)」, 「신단계론(新段階論)」, 신민주주의론(新民民主義論)」세 권을 가리키고 있었다. 온통 사방을 가득 채우고 있는 책들을 보고 있는 왕링링은 수많은 장서들이 주는 거대한 무언의 압박을 느끼고 있었다.

"왕주석님, 정말 놀라워요. 이렇게 많은 책을 어떻게 다 모으셨어요? 존경스럽습니다."

그러자 왕주석은 기분이 좋은 듯 대답했다.

"그게 말이오. 내가 존경하는 마오주석의 유명한 어록 가운데 이런 구절이 있어요.

'밥은 하루 안 먹을 수 있고, 잠은 하루 안 잘 수도 있지만 책은 하루도 안 읽을 수 없다.' 나도 이 말씀에 깊은 감명을 받고 독서를 생활화 하다 보니 어느새 이렇듯 장서가가 되어 있었소."

왕링링은 새삼스레 중국 지도자들의 리더십은 깊은 독서와 사색의 힘에서 나옴을 느끼고 있었다. 그러면서 한편으로 아까 신화문을 지나면서 들었던 의문이 떠오르고 있었다.

"그럼, 왕주석님. 제가 아까 중국 공산당의 심장부인 중난하이를 지나면서 들었던 의문인데요. 중국 국민들은 백 년이 되어가는 공산당 혁명과 이처럼 방대한 공산당 관저 시설을 어떻게 받아들이고 있는지 알려 주세요."

더욱 호탕해진 왕주석이 뒤에서 두 사람의 대화를 잠잠히 듣고 있는 위샤오통을 향해 눈을 끔뻑이며 말했다.

"그 부분은 지금 차기 지도자로 유망한 위동지가 대답하는 것이 어떻소?"

"예, 왕주석님. 제가 답변할 기회를 주셔서 감사를 드립니다. 지금 서방이나 미국 등 저희를 뒤에서 흔들려는 세력들은 우리 정부의 정책을 인권 탄압이니, 민주화가 발전하지 못했다고 비난을 가하고 있습니다. 하지만 영국과 일본의 식민지를 겪었던 우리 인민들은 몸으로 느끼고 있습니다. 그 어떠한 이념과 체제로도 해결하지 못했던 가난과 압제의 고통에서 벗어날 수 있었던 시작이 바로 우리의 마오쩌둥 주석이 1949년 위대한 중국 공산당이 통치하는 중화인민공화국 건국이었고, 그 뒤를 이어, 덩샤오핑, 후진타오, 시진핑 주석을 거쳐 지금의 왕후닝 주석께서 세계 유일의 초강대국을 건설하고 계십니다. 일부 시민들은 접근이 어려워 불편하다고 불평을 하기도 하지만 대다수 중국의 인민들은 광대한 중난하이를 강대한 조국을 상징하는 자부심으로 받아들이고 있어요. 이제 우리는 세계의 중심이 바로 중국이라는 중화사상을 강대한 힘과 명분으로 두루 펼칠 것입니다. 바로 그 힘의 원천은 위대한 중화인민공화국을 건국하신 마오쩌둥 주석님이요, 지금의 왕후닝 주석님입니다."

08
펼쳐지는 날개

열정적인 위샤오통의 답변에 왕주석은 박수로 화답하고 있었다.

"좋소이다 위동지. 우리 조국의 미래가 밝소이다. 링링양, 답변이 되었죠?"

왕링링이 고개를 끄덕거리자 한층 더 환해진 표정의 왕주석이 말을 이었다.

"자, 다음 국향실로 갑시다."

이때, 왕주석의 뒤를 따르던 위샤오통은 마치도 면접시험을 잘 치른 수험생처럼 순박한 미소를 짓고 있었다. 찰나의 순간이었지만 왕링링도 위샤오통을 안아 주고픈 마음에 그녀의 볼은 보조개와 함께 더욱 발그레해 지고 있었다. 잠시 후 들어간 국향실의 분위기는 아늑하고 고적했다. 약 10 평 정도의 방에 정면 벽에는 세계지도가 붙어 있었고, 그 앞에 향을 피우고 차를 마시는 탁자가 놓여 있었다. 우측으로는 당나라 때의 문인인 설직의 『추조람경(秋朝覽鏡)』이라는 제목의 시가 표구되어 액자로 걸려 있었다. 그러다 왕링링은 좌측으로 고개를 돌린 순간, 그녀는 벽에 걸린 그림에서 그만 시선을 뗄 수가 없었다. 이 그림에는 세 마리의 학이 힘차게 날개를 펴는 모습이 담겨 있었다. 가운데 있는 학은 중앙을 뚫어져라 보고 있었고, 양 옆의 두 마리는 각각 좌우를 바라보고 있었다. 세 마리 학들의 곧은 부리와 길게 뻗은 다리는 강직함을 보여주고 있었으며, 희고 넓은 날개는 바로 하늘로 비상할 것만 같았다. 이 그림의 제목은 『삼학도(三鶴圖)』였는데 역시 설직의 작품이었다. 느긋하게 먼저 자리에 앉은 왕주석이 보이차를 끓여서 두 사람에게 내어 주고 있었다. 먼저 왕주석이 차를 음미하며 말을 꺼냈다.

"음, 차 맛이 좋은가요? 그럼 이 시에 대해 설명해드리겠소. 설직은 당나라 때의 문인으로서 시, 서, 화에 두루 능한 분이었지요. 이 시는 제목이 『추조람경』으로서 '가을아침 거울을 보고' 라는 뜻입니다. 이 시의 본문을 먼저 소개해 보겠소.

객심경락목(客心驚落木) - 지는 잎에 나그네 마음 화들짝 놀라

야좌청추풍(夜坐聽秋風) - 밤에 앉아 가을바람 소리를 듣네

조일간용발(朝日看容髮) - 아침에 거울 속의 내 모습 보니

생애재경중(生涯在鏡中) - 내 한 평생 거울 속에 다 들어 있네

시를 읊는 왕주석의 눈길도 시의 내용처럼 세월의 무상함에 아련해지고 있었다. 아마도 40여 년의 세월을 조국의 정치와 경제의 발전에 모두 쏟아 부은 노정치인의 아쉬움과 미련이 아닐 까 왕링링은 내심 짐작하고 있었다. 하지만 시선을 『삼학도』로 옮긴 왕주석의 눈에서는 차마 형용하기 어려운 강렬함이 쏟아져 나오기 시작했다.

"음, 이 세 마리의 학은 초강대국 우리나라의 모습을 상징하고 있소. 중앙을 보는 학은 세계의 중심 사상인 중화사상을 의미하며, 좌우를 보고 있는 학은 좌측은 서양으로, 우측은 동양으로 뻗어나가는 중국을 표현하는 것이요. 또한 곧은 부리와 다리는 중국의 강건함을 보여주고 있소. 양 날개의 의미는 상세하게 풀이해 보리다.

먼저 가운데 있는 학의 몸통은 우리가 장강이라 부르는 양자강의 개발이고, 좌우 날개는 동부 연해와 서부를 개발함이요. 좌측을 보는 학의 몸통은 유라시아, 아프리카로 보고 좌우 날개는 인도양, 환태평양으로 진출함을 말하며, 우측을 보는 학의 몸통은 동아시아로 보았을 때 좌우 날개는 유럽과 미국을 포함한 중남미 지역으로 영향력을 펼침을 총체적으로 표현하고 있는 것이요."

거대한 중국의 야심이 숨어 있는 그림의 설명을 들으며 왕링링은 왜 이 방의 정면에 세계지도가 붙어 있는 지 알 수 있었다. 중국을 움직이는 왕주석은 『삼학도』를 보며, 세계지도를 만지며 중화사상을 펼칠 계획을 키워 가고 있었던 것이었다.

두 사람에게 충분한 설명을 해서 뿌듯한 마음이 들었는지 왕주석은 1층으로 내려가 펀지우를 더 마시겠다고 말하며 두 사람은 3층으로 올라가 쉬라는 당부를 했다.

3층으로 나 있는 계단을 오르다 왕링링은 그만 긴장이 풀려 발을 헛디뎌 쓰러질 뻔 했다. 그것을 본 위샤오퉁이 그녀를 부축하며 안아주었다. 펀지우를 6잔이나 마신 왕링링의 몸은 한껏 달아오른 난로처럼 뜨거웠다. 위사오퉁은 왕링링을 안고 그녀의 숙소로 들어왔다. 그녀를 내려주고 자신의 방으로 오려고 돌아서려는데 뒤에서 왕링링이 자신을 껴안고 있었다. 위샤오퉁은 몸을 돌려 그녀와 격정적인 입맞춤을 나누기 시작했다. 그들의 혀와 혀가, 몸과 몸이, 마음과 마음이 하나가 되고 있었다. 구름 낀 밤하늘에 희뿌연 달무리가 서서히 번지고 있었고, 정원의 한 편으로 심어진 대숲에 격렬한 바람이 불며 잎들이 떨고 있었다. 이윽고 바람을 견디지 못한 댓잎들이 부수수하게 휘날리고 있었다. 깊어가는 그들의 사랑과는 달리 두 나라의 운명처럼 차가운 빗방울이 댓잎 위로 하염없이 떨어지고 있었다.

다음날 아침, 왕링링이 눈을 떠보니 위샤오통은 자신의 방으로 돌아가고 없었다. 왕링링에게는 어제 밤의 일이 마치도 꿈을 꾼 듯 아득하기만 하였다. 그러면서 어느덧 자신의 가슴을 가득 채우고 있는 위샤오통을 생각하니 저절로 미소가 지어지고 있었다. 그녀가 창문을 열고 밖을 내다보니 어제 밤에 내린 비바람에 수없는 댓잎이 바닥에 나뒹굴고 있는 모습이 한편으로 처연하기만 했다. 이윽고 만난 식사 자리에서 왕링링과 위샤오통은 애틋한 눈길을 서로 주고받았다. 왕주석이 식사 후 산책을 권하여 세 사람은 정원의 계단을 올라 정자로 향하고 있었다. 정자에 올라 연못을 바라보니 그곳에는 이제 막 꽃봉오리를 터트리고 있는 대련과 수련들이 형형색색 찬연하게 피어 있었다. 왕링링은 이 황홀경의 모습을 보며 넋을 잃고 있었다. 왕주석이 정신을 놓고 연꽃을 보고 있는 왕링링에게 말을 건넸다.

"링링양, 어제 비바람이 많이 몰아쳤는데 잘 주무셨소?"

"예, 너무 환대해 주신데다 푹 잠이 들어서 어제 밤에 비바람이 몰아친 것도 몰랐네요."

"음, 내가 너무 편자이를 많이 권한 것 같아요. 어째든 잘 주무셨다니 다행이오. 위동지도 잘 잤소?"

순간 당황한 위샤오통이 잠시 대답을 머뭇거렸다. 그러자 눈치 빠른 왕주석이 호탕한 웃음을 터트렸다.

"하하하. 어제 위동지는 미인과 함께 있더니 상사병이 나서 잠을 못 잤구먼. 어제 우리 중국의 역사는 그리도 열정적으로 표현하더니만 미인 앞에서는 자기감정 표현이 잘 안 되오, 위동지?"

예상 밖의 농담 공격을 받은 위샤오통이 정색을 하며 대답하였다.

"예, 왕주석님. 링링양이 공부만 해서 그런지 도통 제 맘을 몰라주어서 애를 먹고 있습니다."

그러자 왕주석이 두 사람을 빤히 보면서 말을 이었다.

"그런데 그게 말이오, 위동지. 내가 오늘 아침을 먹으며 두 사람 표정을 보았소. 서로 얼마나 애틋한지 내가 바라보는 줄도 모르고 눈빛에 애정이 불타오르고 있었소. 내가 잘 못 본 건가요, 링링양?"

순간 링링은 얼굴색이 홍시처럼 붉게 물들며 고개를 숙이고 있었다. 이때 한층 더 호탕한 웃음을 짓던 왕주석이 함초로이 피어 있는 수련을 보고 링링에게 말했다.

"하하하, 이제 농담은 그만 해야겠소. 링링양이 다시 이곳에 오지 않겠다고 하면 초대한 주인으로서 예의가 아니니 말이오. 링링양, 이 빨간 수련의 모습이 링링양과 닮아서 그런가 아주 아름답구려."

링링도 살짝 웃으며 정중히 대답했다.

"예, 왕주석님. 예쁘게 보아 주시니 정말 기쁩니다. 여기 와서 정성이 담긴 식사 대접에, 역사의 현장인 서재도 인상적으로 잘 보았습니다. 역시 대국의 지도자가 되려면 얼마나 많은 지식과 고뇌의 결단이 필요한 것인가 실감할 수 있었습니다. 정말 기억에 남을 일정을 준비해 주셔서 다시금 감사를 드립니다."

말을 마치고 위샤오통을 바라보니 그도 흐뭇한 표정을 짓고 있었다. 그때, 왕주석이 링링을 향해 다시 묻고 있었다.

"그리고 링링양, 끝으로 한 마디 더 해도 되겠소?"

링링이 고개를 끄덕거리며 다음 말을 기다리고 있었다.

"링링양, 이 아름다운 수련은 해가 떠 있을 때는 꽃봉오리를 활짝 열고, 해가 질 때는 잠을 자는 것처럼 봉오리를 닫는다고 하오. 그래서 이 모습이 잠을 자는 것과 같다 하여 붙여진 이름이 바로 수련(睡蓮)이라고 하는 것이요. 우리 같은 민족인 중국과 대만의 관계도 이러한 수련처럼 상황에 맞추어 따라 주었으면 하는 바람이 있소. 지금 대만의 상황이 정치나 외교적으로 갈수록 어려워지고 있지 않소? 앞으로 급박한 국제 환경을 고려해 볼 때, 이제 초강대국이 되는 중국의 세력 안에서 대만이 함께 하기를 바라는 것이요. 태양의 낮과 밤에 적응하는 저 지혜로운 수련처럼 말이요. 대만이 계속 2국 체제를 고수한다면 우리는 부득불 힘으로 해결할 수밖에 없소. 그러니 천꿔랑 주석에게도 부디 이 뜻을 잘 전해 주었으면 하오."

이 얘기를 듣는 왕링링은 바로 이 부분 때문에 자신을 비공식으로 초대하였음을 새삼 알 수 있었다. 그렇지만 왕링링의 대답은 신중하였다.

"예, 왕주석님. 그 진의를 잘 전달하겠습니다. 건강하십시오."

대만으로 돌아오는 그녀에게 조국의 운명은 거센 비바람 앞의 촛불처럼 끝없이 흔들리고 있었다.

09
드러나는 야욕

제2기 동아시아 민족문화연구소 교육이 다 끝나고 9개월이 지난 2038년 9월. 현민은 한국의 정책수석으로 근무를 하던 중 외교부로 부터 긴급한 전문을 받고 있었다. 그 내용은 남중국해에서 베트남의 군함이 불법 조어를 하던 중국 어선을 나포했으며 이에 대한 대응으로 중국의 군함과 충돌하였다는 것이었다. 1시간의 교전 후 베트남의 군함이 전력의 열세로 퇴각하였으나 중국은 군함의 숫자를 늘리며 핵항모까지 동원하고 있어 심각한 결과가 예상된다고 하였다. 현민은 바로 신민기 대통령께 보고를 올리려 관저를 찾았다. 대통령도 이미 보고를 받아 사태의 심각성을 파악하고 있었다.

"정수석, 이번 사태가 어떤 파장을 가져 올 거라고 보시오?"

"예, 대통령님. 중국이 핵항모까지 동원한다는 것은 이번 사태를 계기로 남중국해의 부분적 실효 지배를 넘어서 전체 지역을 차지하겠다는 야욕이 느껴집니다."

"중국이 남중국해에 매장된 원유와 천연가스를 결코 포기하지 않으려 인공 섬을 쌓아 그곳의 지배력을 늘려나가는 것은 알고 있었지만 이렇게까지 일을 벌일 줄이야........"

표정이 심각해지는 신대통령이 담배를 하나 꺼내 입에 물었다. 금

연과 흡연을 반복하는 대통령의 괴로운 심경을 옆에서 현민 자신도 함께 겪고 있는 중이었다. 대통령의 깊은 고뇌만큼 깊이 뿜어져 나오는 담배 연기가 집무실 중앙으로 서서히 피어오르고 있었다. 하지만 현민은 지금과 같이 안정된 동아시아 정세에서 중국이 이처럼 전격적으로 남중국해를 지배하려는 야욕을 이해할 수 없었다.

"대통령님, 지금은 동아시아 전체가 약간의 분쟁은 있어도 안정을 유지하고 있지 않습니까? 그런데 이번 중국의 군사적 행동은 동아시아 국가 전체를 적으로 상대하겠다는 야욕으로 밖에 볼 수 없습니다. 이런 상황에서 중국이 특히나 대만의 생존이 걸려 있는 남중국해를 지배하려는 의도를 저는 도저히 이해할 수 없습니다."

침착하기만 했던 현민도 중국의 의도를 모르겠다는 듯 약간은 흥분된 어조였다.

신대통령은 담배를 다시 꺼내 피우며 말을 이었다.

"그게 말이오, 정수석. 아마도 정수석이 정치에 입문하기 전인 2015년의 일이오. 아마도 이번 사태의 발단이 나는 이 계획에서 부터였다고 생각하오."

현민도 긴장하며 대통령의 다음 말을 기다리고 있었다.

"중국은 미국과 러시아의 영향력이 남아 있을 2015년에 '일대일로(一帶一路)'라는 대규모 경제 부흥 프로젝트를 야심차게 발표하오. 그것은 과거 중국의 최고 문화 전성기를 이루었던 동양과 서양의 만남인 실크로드를 지금의 현실에서 다시 재현한다는 것이오."

20년 전의 일이었지만 들어본 적이 있었던 현민은 의문이 일어나기 시작했다.

"그럼, 대통령님. 지금 중국의 도발이 그때부터 계획되어 있었단 말입니까?"

"그것이 말이오, 처음부터는 아니었을 거요. 그때는 미국과 러시아의 영향력이 있었을 때라 중국이 감히 이런 행동을 한다는 것은 꿈꿀 수도 없었던 일이오. 중국이 세운 '일대일로'는 고대의 실크로드의 세 길을 지금 완벽하게 다시 만들겠다는 거였소. 먼저 첫째로는 영국에서 시작하여 독일과 러시아를 거쳐 만저우리에 도착하는 유라시아 노선이고, 둘째는 독일에서 출발하여 터키와 우즈베키스탄을 지나 우루무치에 도달하는 중앙아시아 노선이며, 셋째는 그리스에서 항해하여 파키스탄과 미얀마를 통과하여 상하이에 닿는 해상 노선인 것이오. 이 세 노선에 해당하는 나라들이 총 49개국이며 도로, 철도, 해로 등 교통 인프라 직접 투자로 연결하여 국가간 운송 시스템을 마련한다고 하는 엄청난 야심이 들어 있는 사업인 것이오."

말을 마친 대통령이 목이 타는지 물을 한 모금 마시고 있었다. 기다리던 현민이 다시 묻고 있었다.

"그럼, 대통령님. 그 계획을 야심차게 세운 중국이 경제적으로 많은 이익을 얻었으면서 왜 지금 이런 무리수를 두는 것일까요?"

"중국은 차후에 아프리카가 거대한 소비 시장이 될 것이라 판단하고 자신들이 아프리카에 영향력을 미치기 위해 내정 간섭을 하며 자신들을 지지하는 반군들의 독립을 지원하기 위하여 막대한 자금을 지원하고 있소. 하지만 자국의 정치와 경제의 독립을 자신들의 힘으로 이루려는 국민들의 뜻에 막혀 중국 뜻대로 풀리지 않고 있소. 지금 아프리카에 투입된 천문학적인 자금이 손실되면서 이러한 무리수를 벌인 것 같소. 자국의 이익만 생각하는 중국의 군사적 도발은 엄청난 후폭풍을 만날 것이오. 지금 중국의 위세에 눌려 타국들이 눈치를 보고 있지만 당장 원유와 에너지의 공급이 어려워지면 어떠한 군사적 행동들이 일어날지 모르는 것이오."

현민도 고개를 주억거리고 입술을 꼭 깨물며 말을 잇고 있었다.

"맞습니다, 대통령님. 지금 중국이 벌인 행동은 결국 자신의 발등을 찍을 것입니다. 대국의 행위가 경제적인 실리를 얻을 수는 있겠지만 동아시아 공동 번영이라는 대의명분을 잃은 이상 당장은 작은 이익을 얻겠지만 결국에는 자멸하게 될 것입니다. 진정한 대국은 자국과 타국이 서로 공존하며 번영하는 기틀을 선도하는 나라라고 믿고 있습니다."

"으음, 명분과 실리라. 한 나라의 지도자로서 결코 쉽지 않은 결정이겠지만 그 의견에 나도 동의하오."

서로 창밖을 바라보는 두 사람의 표정은 점차 심각해지고 있었다. 고심하던 대통령이 다음 대책을 물어보고 있었다.

"결국 미국이 손도 못 쓰는 상황에서 중국은 큰 문제없이 남중국해를 차지할 것이오. 그 다음 정수석이 예상하는 시나리오는 무엇이오?"

"예, 결국 중국이 남중국해의 지배권을 장악한다는 것은 자국의 모든 경제 수송로를 확보함과 동시에 인도양과 태평양으로 진출하는 교두보를 마련한다는 의미입니다. 물론 베트남과 필리핀, 대만 등이 격렬하게 반발하겠지만 미국이 현재 지원을 못 하는 이상 그들도 중국의 지배를 받아들일 수밖에 없을 것입니다. 아마도 중국은 한 발 더 나아가 말라카 해협을 봉쇄할 것입니다. 그렇게 된다면 저희는 모든 수송선들이 자바 섬을 지나 우회하게 되어 5일이나 늦어지게 됩니다."

속이 타는 듯 신대통령이 담배를 하나 더 꺼내 물었다.

"결국 그렇게까지 하겠지. 정수석 그렇다면 우리는 특별한 대응책을 찾아야 할 것이요. 한시가 급하니 내일까지 대응 방안을 찾아서 보고하세요."

대통령 관저를 나와 자신의 사무실로 돌아온 현민은 어떻게 이 상황을 타개해 나갈 것인가 고민에 고민을 거듭하고 있었다.

'지금 중국이 벌이고 있는 남중국해 장악과 말라카 해협 봉쇄에 동아시아 그 어떤 나라도 비난을 할지언정 중국과 전쟁을 하겠다는 나라는 없을 것이다. 특히 일본이나 대만은 현재 해수면 상승과 지진 발생 위험 등으로 섬나라의 존립을 걱정해야 하는 상황 아닌가? 그나마 이 상황에서 중국에 목소리를 낼 수 있는 나라는 우리 남한과 북한 밖에 없지 않은가? 하지만 이처럼 중요 자원과 에너지 자원의 공급 루트를 근본적으로 다시 생각해야 한다면? 음, 어떻게 해야 한다.........'

당장 묘안이 떠오르지 않고 있었다. 그렇게 고뇌의 시간들이 폭풍 속을 항해하는 작은 배처럼 흔들리며 흐르고 있을 즈음, 반가운 전화가 걸려왔다. 바로 하루꼬였다. 일본도 이 사태를 알고 대책을 세우고 있었을 것이다.

"응, 하루꼬. 잘 지내고 있지? 지금 우리는 중국의 도발로 비상사태야. 그쪽은 어때?"

"예, 현민씨. 우리는 더욱 심각해. 가뜩이나 방파제 공사에 막대한 자금이 들어가고 있는 형국에 남중국해 지배라니, 정말 중국의 속셈을 모르겠어. 자기들이 전 세계를 통일하려는 것도 하는 것도 아닐 텐데 말이야. 현민씨도 노심초사하고 있을 것 같아 전화했어."

서로 친근한 말투를 쓰고 있는 현민과 하루꼬는 동아시아 민족문화 연구소에 있는 4년 동안 서로의 감정을 확인하고 연인으로 발전하고 있었다. 특히나 현민은 상대를 항상 먼저 배려하려는 하루꼬의 모습이 무엇보다도 좋았다. 때로는 작은 손해를 보더라도 상대를 위하는 자세야말로 자국만 위하는 냉혹한 국제현실을 딛고 지구촌의 공존을 이룰 수 있는 소중한 정신이었다. 현민이 말을 이었다.

　"하루꼬, 중국의 태도로 보아 결국 말라카 해협을 봉쇄할 거야."

　"음, 그렇겠네. 우리는 거기까지 생각을 못하고 있었는데. 어떻게 다른 무역수송 루트를 찾지?　음, 혹시 러시아에서 답을 구해야 하나?"

　이 얘기를 들은 현민은 번뜩 연해주가 떠오르고 있었다.

　"하루꼬, 연해주 지역에 일본에서 자본을 투자 많이 했지?"

　"그래, 최근 10년 동안 우리의 자본과 기술이 많이 진출했어."

　"그러면 연해주에 중요한 정부 책임자를 아는 사람이 있어?"

　"응, 아버지와 오랜 친분을 쌓은 고려인 출신인 김 루드밀라 지사를 잘 알아."

　"그러면 러시아 중앙 정부는 내가 알아볼게. 그 분과 만남을 비공식으로 만들어 줄 수 있어?"

　"응, 누구의 부탁이라고 거절하겠어? 다시 전화할게."

10
삼국의 고뇌

다음날 오전, 현민은 신대통령에게 보고서를 긴급하게 올리고 있었다. 보고서에는 하루꼬와 협의를 하여 준비한 2박3일 일정이 담겨 있었다. 그 세부 내용은 오늘과 내일 연해주 지사 면담이 잡혀 있었다. 특별한 사항으로는 어제 오후 신대통령이 북한의 김주녀 주석과 서로 연락한 사항이 추가되었는데, 그것은 바로 북한도 이번 사태의 심각성을 인식하고 이를 해결하고자 조미령 국방위원을 파견한다는 것이었다. 보고서를 다 읽은 대통령이 근심스러운 표정으로 현민에게 물었다.

"정수석, 일본의 하루꼬 장관과 이 계획을 성사시킬 수 있겠소?"

"예, 대통령님. 가내 총리와 연해주 정부 책임자인 김 루드밀라지사는 오래 전부터 경제적으로 친분이 있습니다. 어제 하루꼬 장관이 김지사와 통화를 해보니 연해주로서는 이번 기회에 남한과 북한, 그리고 일본을 상대로 국가간 협력의 획기적인 전기로 삼겠다는 의지가 대단하다고 합니다. 그리고 이번 남중국해 사태를 일으킨 중국의 패권을 견제하고자 특히 내년에 재선을 바라는 이마노프 대통령이 특별히 협조할 것이라 전했습니다."

"그래요, 그것은 참으로 반가운 소식이오. 꼭 좀 성사될 수 있도록 정수석이 노력해 주시오. 이번 사태로 조국의 운명이 러시아의 협조에 달렸소. 마치 폭풍을 앞두고 비바람에 흔들리는 작은 배와도 같구려. 가내 총리와 김주녀 주석도 나와 같은 심경일 것이오. 그리고 비공식 회담이고 최대한 보안을 신경 써야 하니 이번에는 단독으로 회담에 임하는 것이 좋겠소. 모래 귀국하면 집무실에서 다시 봅시다."

현민은 굳은 의지로 대답했다.

"예, 대통령님. 꼭 성사시키겠습니다. 모래 뵙겠습니다."

"그럼 잘 다녀오시오."

집무실을 나가는 현민에게 대통령이 악수를 청하고 있었다. 여느 때보다 자신의 손을 꼭 잡고 있는 대통령의 모습에서 이번 계획을 꼭 성공시켜야만 한다는 대통령의 강한 의지를 현민은 느끼고 있었다.

오후 2시, 현민은 블라디보스크행 비행기에 몸을 싣고 있었다. 오후 7시에 현지의 주지사 공관에서 하루꼬와 조미령, 그리고 김 루드밀라와의 비공식 회담이 준비가 되어 있었다. 3시간의 비행시간 동안 잠시 눈을 붙인 현민은 공항에서 나오며 면세점을 들러 하루꼬에게 줄 선물을 골랐다. 공항을 나오니 이미 밖은 어둑어둑해지고 있었다. 공항 근처의 식당에서 요기를 한 현민은 택시를 타고 10분을 이동하여 자신이 숙소로 잡은 롯데호텔에 도착했다. 하루꼬는 나홋카의 나제즈다 호텔로 숙소로 정했다고 했다. 자신은 숙소에서 짐을 풀고 로비를 나오는데 누가 뒤에서 자신을 나지막이 부르고 있었다. 바로 북한의 조미령이었다.

"오랜만이죠, 너무 반가워요. 정현민 수석?"

"그렇군요, 조위원. 잘 지냈죠?"

주위의 시선을 살피며 두 사람은 인사를 나누었다. 다행히 그들을 알아보는 이는 없었다. 현민은 미령도 이곳을 숙소로 정했을 것이라 짐작하며 밖으로 나와 회담장으로 가는 택시를 잡았다. 택시를 탄 현민이 긴장을 풀며 살짝 악수를 청했다.

"김주녀 주석님께서도 고민이 많으시죠?"

손을 유독 다정히 잡는 미령의 표정에는 아쉬움과 반가움이 교차하고 있었다. 4년을 함께 연수를 받는 동안 미령은 자신과 친밀해진 하루꼬에게는 미묘한 부러움을, 자신에게는 서운함을 동시에 표출하곤 했다. 오늘 따라 미령은 진한 화장에 한껏 멋을 부린 복장이었다. 그녀가 자신의 눈을 빤히 보며 들뜬 마음으로 대답했다.

"예, 우리 주석 동지께서도 많이 놀랐지요. 하지만 어차피 한 번은 맞을 매라면 담대히 러시아와 협조해 보라 하셨어요. 이제 남한과는 독일처럼 1국 2체제를 이루어 가니 긴밀히 협조하여 전화위복을 꼭 이루자고 신대통령님께 전하라 했지요. 현민씨, 우리 이번에 긴밀히 협조하여 꼭 인민들이 원하는 결과를 이루어 냅시다. 나는 여기 오면서 현민씨를 다시 만나고 이 막중한 임무를 함께 하게 되어 얼마나 기대가 되었는지 모릅니다."

그러면서 처음 말투는 씩씩했지만 나중에는 자신의 눈을 바로 보지 못하며 고개를 떨구는 미령이었다. 차안은 잠시 정적이 흘렀다. 손을 다시 내려놓으며 현민은 차창 밖을 지그시 바라보고 있었다. 어둠이 세상에 서서히 깔리고 있었다. 연해주 시내의 불빛은 복잡한 두 사람의 심경과는 달리 도시를 환하게 비추고 있었다. 10 여분을 더 달려 도착한 주지사 공관. 이미 주지사측은 통역관을 대동하고 모든 회담 준비를 마치고 세 사람을 기다리던 중이었다. 하루꼬는 먼저 도착해 있다가 택시에서 같이 내려 들어오는 두 사람을 발견하고는 흠칫

당황스러워 했다. 현민은 먼저 기다리고 있는 김 루드밀라 지사에게 인사를 했다.

"안녕하십니까? 김지사님. 남한의 정현민 정책수석입니다."

"반갑소. 오시느라 고생했습니다. 정수석님."

50대 후반의 김 루드밀라 지사는 훌쩍 큰 키에 살이 좀 찌고 머리가 벗겨져 훈훈한 인상을 주고 있었다. 그렇지만 안경 너머로 번뜩이는 눈빛은 그가 결코 만만한 상대가 아님을 알려주고 있었다. 김지사는 하루꼬와도 반갑게 인사를 나누었다.

"그간 잘 지냈소. 하루꼬 장관. 볼 때마다 아름다워지십니다. 가내 총리께서는 이처럼 아름답고 능력 있는 딸을 두셨으니 아주 행복하시겠습니다. 총리께서는 잘 지내시지요?"

순간 입가에 미소를 짓던 하루꼬는 슬쩍 현민을 쳐다보고 대답했다.

"그럼요, 김지사님. 아버님은 잘 계십니다. 오늘 이렇게 환대해 주시니 오늘 회담이 잘 될 것 같습니다. 그런 기분이 들지 않나요? 정현민 수석님?"

갑작스러운 질문이었지만 현민도 환히 웃으며 하루꼬에게 살짝 윙크하며 대답했다.

"그렇습니다. 김지사님이 회담 시작 전에 이토록 덕담하는 분위기를 만들어 주시니 결과도 아주 좋을 것 같습니다. 하하하."

한편에서 미소를 짓고 있던 미령은 현민과 하루꼬의 모습에 표정이 굳어지고 있었고, 훈훈해 지는 회담장의 분위기와는 달리 하루꼬와 조미령은 서로를 의식하는 듯 형식적인 악수를 나누고 있었다.

"9개월 만인가요? 하루꼬 장관. 반갑습니다."

"그렇게 됐지요? 조미령 위원. 어서 들어가지요."

회담은 먼저 하루꼬의 제안으로 시작됐다.

"먼저 이 회담을 준비해 주신 연해주 김 루드밀라 지사님과 직원분들께 감사드립니다. 급박한 상황이 전개되어 갑자기 준비하시느라 어려움이 많으셨을 텐데요. 이번에 발생한 중국의 남중국해 침공 사태를 보며 일본, 남한, 북한 세 나라는 새롭게 세계를 지배하려는 중국의 야욕을 실감하고 있습니다. 아마도 조만간 대유럽 수송로의 길목인 말라카 해협을 봉쇄하리라 예상되는 시점에서 러시아의 협조를 얻어 이 난관을 극복하고자 합니다. 김 루드밀라 지사님의 답변을 듣고 싶습니다."

편안한 웃음을 지으며 김지사가 말을 이었다.

"저희도 중국이 남중국해에 인공섬을 만들 때 어느 정도 예상을 했습니다만 이렇게 전격적으로 침공을 할 줄은 몰랐습니다. 섣부른 대응으로 중국 측에 군사도발을 불러들인 베트남의 자세가 아쉽긴 하지만요. 결국 시기의 문제이지 중국의 야욕은 이제 만천하에 들어났습니다. 지금 미국과 우리 러시아의 영향력이 사라지고 있는 상황에서 중국의 의도를 안 이상 동아시아 나라들의 협력이 절실할 것입니다. 저희 연해주 정부는 최선을 다해 이번 사태의 해결을 위해 협조를 다하겠습니다. 우선 시베리아의 유전과 천연가스, 지하자원의 수송을 우리가 연결하겠습니다. 여러분들께서는 풍부한 자금과 고급 인력을 연해주에 지원해 주십시오. 위급한 시기이니 만큼 다들 동의하시리라 생각합니다."

상당히 고민을 많이 한 것으로 보이는 김지사의 제안에 모두들 고개를 끄덕거리고 있을 즈음 현민이 조심스럽게 말을 꺼냈다.

"김지사님의 고심에 찬 협조, 진심으로 고맙습니다. 그렇게까지 협력해 주신다니 저희들로서는 천군만마를 얻은 기쁨입니다. 세 나라 국민들이 연해주 정부의 결단을 가슴 깊이 새길 것입니다. 하지만 저희들 세 나라로서는 해결해야 할 근본적인 고민이 있습니다."

순간 회담장의 시선은 현민의 입으로 향하고 있었다. 김지사가 긴장된 표정으로 묻고 있었다.

"그래요, 그 근본적인 고민이 무엇인가요?"

"저희들이 당장 급한 에너지의 보급을 시베리아에서 해결을 한다 하더라도 지금까지 유럽과 무역을 담당했던 수에즈 운하를 대체할 수송로를 찾아야 하는 근본적인 문제가 있습니다."

이것은 단기간의 문제가 아닌 근본적으로 해결해야 하는 중대한 문제였다. 그나마 연해주 정부의 협조로 이번 사태를 해결하려던 나라들로서는 새로운 고민이 아닐 수 없었다. 10여 분의 정적이 회담장을 뒤덮고 있었다. 그러다 현민이 정색을 하며 김지사에게 말을 다시 꺼냈다.

"김지사님, 저는 러시아 이마노프 대통령에게 이런 제안을 하고자 합니다."

11
한민족의 후예

    의지가 결연한 표정의 현민이었다. 참석자들은 현민의 다음 말을 기다리고 있었다.

    "저는 러시아가 과거 푸틴 대통령 시절부터 북극항로를 개발하려고 많은 노력을 들였지만 우크라이나 전쟁의 패배로 모든 계획이 무산된 걸로 알고 있습니다. 분명 북극항로는 쇄빙선의 운영에 막대한 예산이 들어가고 환경 문제 등 수많은 난제가 존재하고 있습니다. 그렇지만 우크라이나 전쟁의 패배로 막대한 배상금 부담을 안고 있는 러시아 중앙 정부로서는 북극항로가 개발된다면 어려운 경제를 회복하는데 큰 도움이 될 것이며, 이번 중국의 도발로 무역수송로에 엄청난 타격을 입은 동북아 세 나라에게는 새로운 차원의 무역 강국이 될 수 있는 기회가 되리라 확신합니다."

    그러자 김지사는 탁자를 손으로 탁 치며 호쾌히 웃으며 말했다.

    "하하하. 바로 그렇소이다. 우리 고려인 옛 속담에 '궁하면 통한다'는 말이 있소이다. 바로 우리 네 나라의 사정이 꼭 여기에 해당합니다. 이 어려운 위기를 해결하면서도 새로운 기회로 만드는 우리 선조들의 지혜를 정수석의 제안으로 다시 보는 것 같소. 정말이지 정수석, 대단합니다. 어떻게 그런 생각을 해냈소?"

순간 회담장은 거센 태풍에 수없이 흔들리다 난파하기 일보 직전에 구조되는 선박처럼 안도하는 분위기로 바뀌고 있었다. 그러다 조미령이 의문을 제기하고 있었다.

"물론 이 제안대로 성사된다면 얼마나 좋은 일이겠소? 하지만 이런 천문학적인 예산이 들어가는 문제를 과연 러시아 정부가 감당할 수 있겠소?"

하루꼬도 미령의 발언에 동감하는지 고개를 끄덕이고 김지사를 쳐다보고 있었다. 김지사가 그때 무언가를 결심한 듯 말을 꺼냈다.

"아, 그 부분은 내일 아침 극비로 이마노프 대통령과 통화를 하겠소. 아마도 내일 점심 회담 때에는 좋은 소식을 갖고 올 수 있도록 노력해 보리다. 나는 오늘 여러분들을 만나면서 아마도 이번 일이 잘 풀릴 것 같은 예감이 생기고 있어요. 그것은 아마도 우리가 모두 한민족의 후손들이라서 그런 것 같소. 나만의 느낌일까요. 정수석?"

자신도 어느 정도 동감하고픈 김지사의 발언이었다. 그때, 현민의 마음속으로 이런 생각이 일어나고 있었다.

'북한과 간도, 그리고 연해주는 고구려와 발해의 후손들이 살고 있으며, 남한은 백제와 신라의 후손들이, 그리고 일본은 백제와 가야의 후손들이 살고 있다. 이제 이 한민족의 후손들이 모여 이런 중대한 문제를 논의함은 새로운 민족국가를 이루어야 한다는 선조들의 간절한 바람이 아닐까?'

생각이 여기에 미치자 현민은 자신도 모르게 퍼뜩 놀라고 있었다. 하지만 더 이상의 내색은 하지 않고 자신의 말을 기다리는 김지사를 부드럽게 바라보았다.

"김지사님의 깊은 혜안 존경합니다. 저도 전적으로 그 의견에 동감

합니다. 회담이 끝나고 장소를 옮겨 우리 민족의 고단했던 역사인 카레이츠에 대해 듣고 싶네요. 바로 이곳 연해주에 왔으니 말이죠."

기다렸다는 듯 김지사가 말을 받았다.

"그렇군요, 내가 기분에 취해 여러분들이 시장하신 것도 모르고 있었네요. 시간이 한 시간이 훌쩍 지났소이다. 못다 한 부분은 식사를 하시면서 하는 것이 좋겠습니다. 장소를 옮기시죠."

자리에서 일어나는 세 나라 대표들의 표정에는 안도감과 기대감이 부풀고 있었다. 김지사는 직원을 시켜 공관 근처의 유명한 식당인 야그녹에 예약을 했다. 잠시 후에 도착한 3층의 레스토랑은 꽤나 넓어 보였다. 2층의 전망 좋은 곳에 자신들의 자리가 준비되어 있었다. 그들이 자리에 앉으니 김지사가 주문한 스테이크와 킹크랩 요리, 러시아 만두인 판세가 나왔다. 김지사는 이 요리에다 벨루가 보드카를 따로 주문을 했다. 김지사가 먼저 이 식당을 소개하고 있었다.

"여러분, 이곳이 우리 연해주에서 가장 유명한 식당인 야그녹입니다. 위치도 중앙에 있어 교통이 편리하고 특히 밤에 보는 금각교의 야경이 멋집니다. 이곳의 대표 메뉴는 스테이크와 킹크랩이지만 나는 특히 국수와 만두 요리인 판세를 좋아합니다. 역시 고려인의 입맛이 나에게 남아 있나 봅니다. 자, 여러분 모두 건배합시다!"

모두들 건배하며 식사가 진행되자 분위기는 어느덧 먹음직한 요리와 보드카의 열기가 더해져 한없이 훈훈하기만 했다. 칵테일이 서너 잔이 돌 무렵 한결 활기를 찾은 미령이 김지사에게 물었다.

"김지사님, 아까 판세를 좋아하신다고 하셨죠?"

"그래요, 조위원도 만두를 좋아하시오?"

"예, 저도 우리 고향에서 유래한 편수를 아주 좋아합니다."

"아, 그러면 조위원은 개성 출신이시오?"

"그렇습니다. 편수는 우리 개성에서 유래한 것이 연해주와 극동 지방으로 와서 유명해졌지요. 우리 조부모님께서는 개성에서 사시 다 관리들의 수탈을 피하려 멀리 함경북도에 이주하셨어요. 그때 많 은 개성사람들이 함경북도로 같이 왔고 그 중에서 일부는 국경을 넘 어 연해주로 가서 정착을 했습니다. 그 후로 일제의 압제를 피하려 많 은 주민들이 연해주로 옮겨 갔지요. 그래서 그때 개성의 만두가 연해 주로 유래되었을 겁니다. 나중에 할아버님께서는 아버님과 형제들을 데리고 다시 개성으로 오셨다고 합니다."

김지사가 더욱 반가운 표정을 짓고 있었다.

"그래서 개성의 만두인 편수가 이곳의 명물이 된 것이군요. 내가 이렇게 좋아하는 판세를 조위원의 조부님과 함께 이주하신 분들이 전해 주셨네요. 고마운 일입니다."

그러면서 김지사는 미령에게 잔을 권하고 있었다. 미령도 오늘은 마음이 풀어지는 지 주량이 쎈 김지사의 잔을 마다하지 않고 있었다. 그때 자신도 네다섯 잔을 마신 현민이 김지사에게 묻고 있었다.

"제가 듣기로는 김지사님께서 우리 고려인의 후손이라고 하시던데 요. 방금 조위원이 얘기한 대로 연해주로 이주한 동포들의 삶에 대해 설명을 해 주셨으면 합니다."

그러자 김지사는 무언가 깨달은 사람처럼 번뜩이는 눈빛을 발산하 기 시작했다.

"아하, 그래요. 아까 정수석이 물어보았지요. 어쩌면 이 얘기를 내 가 여러분들에게 정말 하고 싶었는지도 모릅니다."

그러면서 김지사는 술 대신에 물을 한잔 들이키며 말을 이어나갔다.

"여러분들이 잘 알다시피 연해주는 고조선에서부터 시작하여 지금까지 한민족의 역사가 숨 쉬고 있는 곳입니다. 이 지역은 과거 발해의 영토 일부였으며 조선 후기 청나라와 러시아가 전쟁할 때, 조선에게 원군을 요청하여 두 차례에 걸쳐 정벌을 한 곳입니다.

또한 대한민국 임시정부 수립에 영향을 끼친 대한 광복군 정부가 활동한 지역이지요. 조선 후기인 1863년에 함경도 농민 13가구가 연해주로 이주하면서 한민족의 이주 역사가 본격적으로 시작됩니다. 우리가 흔히 얘기하는 고려인은 1860년 무렵부터 1945년 해방 때까지의 시기에 농업이민, 항일독립운동, 강제동원 등으로 현재의 러시아 및 구소련 지역인 우즈베키스탄, 카자흐스탄, 우크라이나, 키르키스스탄, 투르크메니스탄, 타지키스탄 등으로 이주한 이들과 그 친족을 말합니다. 한국인이라는 의미의 러시아어인 '카레이츠'라고 부르는 것이지요."

어느덧 김지사의 눈길이 자연스레 하루꼬를 향했을 때, 그녀도 질문을 던지고 있었다.

"이곳이 그토록 한국의 역사와 깊은 인연이 있었군요. 그러면 러시아로 끌려간 고려인들은 어떻게 살았나요?"

"이곳에서 중앙아시아로 강제 이주당한 20만의 고려인들은 시베리아 횡단열차에 실려 40일을 걸려 목적지에 도착해서 그야말로 불모의 땅을 개간하는 노예의 삶을 살았습니다. 그렇지만 고려인들은 성실하고 기술적으로 벼농사를 지어 뛰어난 성과를 보여 모범적인 민족으로 인정을 받았다고 해요. 1953년 스탈린의 사후, 이주의 자유를 찾으면서 고려인들은 사회 각 계층으로 진출하였고, 1991년 소련이 붕괴하자 많은 고려인들이 중앙아시아에서 연해주로 재이주하게 된 것입니다."

긴 설명을 마친 김지사는 다시 건배를 청하며 잔을 비웠다. 그의 눈가는 자랑스런 선조들에 대한 존경과 아픈 민족의 현실에 대한 회한으로 촉촉이 젖고 있었다. 나머지 세 사람의 가슴에도 형언키 어려운 슬픔과 감동이 몰려오고 있었다. 이제 회담 자리도 마무리되고 있었다. 김지사는 흐뭇한 표정으로 세 사람을 지긋이 바라보며 말했다.

"여러분들, 내일 점심 회담 때 다시 봅시다. 좋은 결과 나오도록 마음으로 응원해 주시오. 참고로 이곳에서 한 시간 거리에 우스리스크에 가면 '고려인 역사관'이 있어요. 아마도 그 곳에 가면 내가 설명을 다하지 못한 고려인들의 역사와 문화가 보존되어 있으니 꼭 한번 가보시기를 추천하는 바입니다. 오늘 조심해서 들어가십시오."

밖으로 나와 보니 저 멀리 블라디보스톡의 명물인 금각교의 야경이 펼쳐지고 있었다. 그림 같은 야경은 보는 이로 하여금 절로 탄성을 자아내게 하고 있었다. 그때 현민은 문득 이 도시를 하루꼬와 마냥 걷고픈 생각에 빠져 들고 있었다.

12
마음의 약속

김지사 일행이 인사를 하고 먼저 떠났고 세 사람 만이 남았을 때, 하루꼬가 다가와 자신의 생각을 깨우며 한쪽 팔짱을 끼고 있었다. 오늘 미령과 눈에 보이지 않는 감정 싸움을 하던 그녀는 평소답지 않게 먼저 적극적으로 행동하고 있었다.

"현민씨, 우리 좀 걸을까?"

자신의 생각을 읽은 듯이 행동하는 하루꼬가 고마우면서도 현민은 걱정이 들었다.

"하루꼬, 밤 공기가 찬데. 보드카도 많이 마셨지?"

"응, 세 잔 정도는 마신 것 같아."

이때 현민은 하루꼬의 몸이 한기로 떨리고 있음을 느끼고 있었다. 그런데도 자신의 팔을 더욱 꼭 껴안고 있는 하루꼬였다. 이 모습을 보고 있던 미령은 씁쓸한 미소를 지으며 말했다.

"두 분께서는 오늘 추억을 많이 쌓으시라요. 그러면 내일 10시에 '고려인 역사관'에서 만납시다. 먼저 갑니다."

두 사람이 고개를 끄덕이며 동의를 하자 휙 뒤돌아서 택시를 타는 미령은 한없이 고개를 흔들고 있었다. 현민은 미령을 태운 택시가 시야에서 사라지자 그녀와 말없이 금각교를 향하여 걷기 시작했다. 10

여 분을 걸으니 약한 눈발이 날리기 시작했다. 팔짱을 꼭 끼고 걷는 현민과 하루꼬는 마치 낭만 있는 연해주의 연인이 되고 있었다. 시나브로 쌓이는 하얀 눈발에 반사되는 가로등의 불빛은 사랑스러운 하루꼬를 포근히 감싸주고 있었다. 다리에 도착하여 고요히 흐르는 강물을 내려다 보다 현민은 하루꼬를 확 끌어안으며 그녀의 작은 입술에 소중한 입맞춤을 했다. 그녀의 입술은 차갑고도 뜨거웠다. 하루꼬는 현민의 품에 안겨 조용히 눈을 감고 있었다. 잠시 후 입을 뗀 현민은 그녀의 얼굴이 지나치게 뜨거움을 느꼈다. 무언가 이상한 느낌이 들어 그녀를 살펴보니 몸 전체가 떨리며 불덩이 같았다. 현민이 놀라 하루꼬에게 물었다.

"하루꼬, 몸이 왜 이렇게 뜨거워?"

그러자 그녀는 힘겨운 듯 대답했다.

"응, 그게 현민씨. 몸살이 나려나 봐. 보드카도 너무 많이 마셨구. 미안해. 숙소로 돌아가야 할 것 같아."

현민은 급한 마음에 택시를 잡았다. 택시를 타고 그녀의 숙소로 돌아가며 현민은 뜨거워진 그녀의 손을 꼭 잡으며 물었다.

"아니 이렇게 컨디션이 안 좋은데 나랑 걷자고 그랬어? 숙소로 돌아간다고 하지."

힘겨워 보이면서도 하루꼬는 엷은 웃음을 짓고 있었다.

"그것이 오늘 조위원이 화장도 진하게 하고 옷차림도 과하게 멋을 부렸더라고. 두 사람이 같이 들어오는 것도 신경이 쓰였는데 회담 내내 현민씨에게 시선을 주어서 예감이 좋지 않았어. 그런데 회담이 끝나니 아니나 다를까 현민씨에게 대시할려고 마음의 준비를 한 것 같아. 그런데 내가 몸이 안 좋다고 먼저 숙소로 갔으면 조위원은 마음속으로 쾌재를 불렀을 거야. 이게 왠 떡이냐며."

이 얘기를 듣던 현민은 피식 웃음이 나왔다.

"하루꼬가 없으면 내가 조위원과 데이트라도 할 줄 알았어? 약속하건데 그럴 일 없어. 걱정하지마, 하루꼬."

"하지만 현민씨도 너무나 이 야경의 거리를 걷고픈 사람의 표정이었어."

순간 하루꼬의 진심이 차창 밖으로 보이는 강물처럼 자신에게 잔잔히 흐르고 있었고, 대지를 포근히 비춰주는 고고한 달빛과도 같이 젖어들고 있었다. 숙소에 도착하여 약을 먹고 열이 떨어져 잠이 든 하루꼬에게 현민은 '내일 고려인 역사관에서 10시에 만나.' 라며 메모를 남기고 자신의 숙소로 돌아왔다. 다음날 현민은 어제 피곤한 일정 때문이었는지 8시가 다 되어 눈을 떴다. 부랴부랴 준비를 하고 기차역에 도착하여 우스리스크로 향했다. 기차가 출발하고 10 여분이 지나자 차창밖으로 농촌 풍경이 한가로이 보이고 있었다. 소를 끌고 가고 있는 농부들의 모습이 우리나라와 크게 달라 보이지 않았다. 평화로운 농촌의 모습과는 달리 현민은 하루꼬의 숙소에 들르지 못한 것이 마음에 걸렸다. 그는 하루꼬에게 전화를 걸었으나 그녀는 받지를 않고 있었다. 그러자 현민은 오늘 늦게 일어난 자신을 자책하고 있었다.

'좀 더 일찍 일어나서 하루꼬와 같이 오면 좋았을 텐데. 오늘 그녀의 몸 상태는 어떨까? 우스리스크에는 올 수 있을까?'

기차는 어느덧 우스리스크에 도착했다. 택시를 타고 '고려인 역사관'에 도착하니 미령은 이미 도착해 있었다. 현민을 향해 손을 흔들며 다가와 반갑게 악수를 청하는 미령은 어제 밤과는 너무나 대조적이었다. 현민이 먼저 인사를 청했다.

"어제 잘 쉬었나요? 조위원. 오늘 아주 생기가 넘칩니다."

"저야, 어제 대접을 잘 받아서리 거뜬하게 일어났지요. 그런데 오늘 하루꼬 장관은 오늘 못 오나요?"

씩씩하게 대답하면서도 슬쩍 현민의 눈치를 보는 미령이었다. 현민이 자신 없는 말투로 대답했다.

"예, 어제 밤에 하루꼬 장관이 몸살이 났는데 오늘 전화를 안 받아요. 여기에 올 수 있을지는 모르겠네요."

"그럼 두 분은 어제 바로 헤어졌어요?"

"예, 일단 하루꼬 장관의 숙소로 데려다만 주었습니다."

순간 태연히 다른 곳을 둘러보려는 미령의 표정에 안도감이 스치는 것을 현민은 놓치지 않았다. 하지만 현민이 10여 분을 아무리 입구 쪽을 바라보아도 하루꼬의 모습은 나타나지 않았다. 그러자 기다렸다는 듯 미령이 말을 꺼냈다.

"오늘 하루꼬 장관은 몸살에서 회복이 안 되었나 보오. 우리가 먼저 들어갑시다."

현민도 하는 수없이 그녀와 함께 역사관 안으로 들어갔다. 미령은 현민과 둘이 입장을 하자 소풍을 나온 어린이처럼 마냥 즐거워했다. 미령은 현민의 손을 잡고 두 장의 고려인 모습이 담겨 있는 사진 앞으로 이끌었다. 왼쪽의 사진은 1937년 중앙아시아로 강제 이주하는 시베리아 기차 안에서 40일을 버티는 우리 동포들의 모습이었다. 난로 옆에서 아이를 품에 꼭 안은 엄마 옆에 무심히 앞만 보고 있는 소년과 간난 아이를 늅혀 놓은 엄마와 고개를 수그리고 있는 또 다른 소년의 모습을 보고 있는 현민의 입에서는 고통스런 작은 신음이 흘러나

왔다. 옆에 있는 미령도 표정이 심각해지고 있었다. 그 옆으로 눈길을 돌리니 중앙아시아에 이주하여 농사를 짓고 있는 고려인 가족 네 명의 모습이 담겨 있었다. 옆에서는 러시아 관리가 근엄한 표정으로 감독하고 있었고, 아버지와 어머니는 땅을 파고 움막을 짓고 있었으며 두 아들들은 땅을 갈고 있었다. 그 먼 땅까지 억지로 끌려갔지만 누구도 원망하지 않고 꿋꿋이 살아가고 있는 선조들을 보니 가슴 뭉클한 감동이 밀려오고 있었다. 숙연해지는 역사의 현장이었다. 어느덧 미령은 깊은 상념에 빠져 있는 현민의 팔짱을 자연스레 끼고 있었다. 잠시 후 두 사람의 발길을 멈춰 세운 곳은 다름 아닌 연추의 항일 결사, 동의회의 모습이 담긴 사진이었다. 여기에는 동의회 소속이었던 안중근의사가 체포되어 취조 받는 모습과 동의회 소속 대원들 12 명이 항일투쟁의 의지로 ‘동의단지회’를 조직하여 연추의 카리에 모여 왼손 넷째 손가락을 끊었던 단지(斷指)의 모습이 생생하게 찍혀 있었다. 그 단지의 사진을 보며 현민은 더없는 충격과 아픔을 느끼고 있었다. 이때 현민에게 깊은 고뇌의 시간이 흐르고 있었다.

‘죽음도 두려워하지 않는 우리 조상들의 불굴의 정신으로 우리는 해방을 쟁취할 수 있었다. 이제 우리 후손들은 어떻게 조국과 민족을 지켜야 할 것인가? 해방을 맞고 백년의 세월이 흐른 지금, 무명지를 자른 안중근 의사의 사진 앞에서 나는 후손으로서 어떤 맹세를 할 것인가? 이제는 몸을 자르는 육체의 서약이 아닌 마음을 보듬는 무언의 약속을 해야 할 것이다.’

안중근 의사의 단지 사진 앞에서 미동도 하지 않는 현민에게 미령이 조심스럽게 몸을 밀착하며 귓속말을 하고 있었다.

“현민씨, 우리 이제 나가야 해요. 결국 하루꼬 장관은 오지 못하네요."

그때였다. 저 멀리서 하루꼬의 음성이 들려왔다.

"현민씨, 이제 도착했어요. 미안해요."

그 소리를 들은 미령이 깜짝 놀라며 서둘러 팔짱을 풀었다. 현민은 너무도 반갑게 하루꼬를 맞았다.

"하루꼬, 이제는 몸이 나았어? 숙소를 못가서 미안해."

아직도 열이 있는지 볼이 붉은 하루꼬는 반가운 마음에 미령이 보고 있음에도 현민의 품에 안겼다. 그녀를 안아주던 현민은 순간 무슨 생각이 들었는지 양복 안주머니에서 작은 상자를 꺼냈다. 그 안에는 하루꼬를 주려고 공항에서 사온 반지가 들어 있었다. 현민은 그녀의 왼손 넷째 손가락에 반지를 조심스럽게 끼워 주었다. 다행히 반지는 잘 맞았다. 하루꼬의 눈에 감격의 눈물이 흐르고 있었다. 이윽고 세 사람은 민족의 회한이 담긴 발해성터 사진 앞에 섰다. 그때, 현민은 두 사람의 손을 꼭 잡으며 이렇게 말하고 있었다.

"우리 이제 옛 우리의 땅인 발해성터 앞에서 마음의 약속을 합시다. 꼭 이 땅을 다시 찾겠다는 다짐을 여러분과 가슴으로 같이 하고 싶습니다."

제3부

불의 시대 - 타오르는 것들

13
감도는 전운

    기차를 타고 블라디보스톡으로 돌아오는 내내 세 사람은 말이 없었다. 현민은 반지를 끼워준 하루꼬의 손을 꼭 쥐고 있었다. 그녀는 조용히 눈을 감고 있었으며, 미령은 못내 아쉬운 듯 차장 밖을 하릴없이 내다보고 있었다. 하지만 이런 분위기는 회담장에 도착하여 다시 만난 김지사의 들뜬 목소리로 서서히 바뀌고 있었다.

    "여러분, 마음들 많이 졸이셨죠? 오늘 오전에 이마노프 대통령과 시베리아 자원 수송과 북극항로 개설에 관하여 심도있는 통화를 했습니다. 대통령께서는 적극 동의한다면서 세 나라와 긴밀히 협조하라 하였습니다. 어제 내가 제안한 것처럼 세 나라에서는 자금과 인력, 기술을 지원해 주기 바랍니다."

    세 나라 대표들은 우레와 같은 박수로 감사의 마음을 전하였다. 세부적인 내용으로 한국에서 자금을, 북한이 인력을, 일본이 기술을 지원하는 협약을 체결하며 회담을 마무리하였다. 오후 2시 하루꼬와 아쉬운 이별을 하고 현민은 귀국 비행기에 몸을 싣고 있었다. 일단 대통령께는 전화로 회담 결과를 알려드렸으며, 수화기 너머로 들리는 대통령의 기쁜 목소리를 떠올리며 현민은 편안한 마음으로 비행기에서 눈을 붙이고 있었다.

2038년 9월 중국의 전격적인 남중국해 도발과 말라카 해협 봉쇄로 동아시아 국가들이 각자도생의 정책으로 힘겹게 이를 수습해 나가던 2039년 12월. 중국의 말라카 해협 봉쇄로 직격탄을 맞은 대만, 일본, 한국과 북한에서, 그리고 오랜 기간 중국과 국경 분쟁을 이어온 인도에서 전운(戰雲)이 무겁게 감돌고 있었다. 12월 25일 성탄절을 맞아 세계 각국은 성탄의 축복과 기쁨의 축제를 즐기고 있었으나 이들 다섯 나라들은 한결같이 민족의 운명을 좌우할 문제를 결정해야 하는 고난의 시간을 감내해야만 했다.

25일 오후 7시. 대만의 장꿔랑 총통 관저에는 총통과 왕링링 국무위원, 리우 창 군사령관, 옌홍위안 중앙 기상국장이 모여 심각한 회의를 하고 있었다. 먼저 천총통이 무겁게 입을 열었다.

"오늘 우리는 이 자리에서 조국의 운명을 결정해야 할 것 같소. 먼저 옌국장의 말씀을 들어 보겠소."

옌국장이 지난 달 총통께 올렸던 애비 연구원의 보고서를 나누어 주고 있었다.

"먼저 이 보고서는 이미 우리가 그동안 걱정하던 해수면 상승이 우리 대만을 삼키는 현실로 다가왔음을 알려 주고 있습니다. 열도가 바닷물에 잠기는 상황을 내년 초로 예상하고 일본은 방파제라는 대안을 준비하고 있지만 우리는 중국의 합병에 대비한 군사비의 막대한 지출로 그나마도 못하고 있는 현실입니다."

이때, 왕링링이 한마디 거들었다.

"그런데다 작년 중국의 말라카 해협 봉쇄로 우리 경제는 회복 불능의 상태가 되었어요. 그리고 우리가 이민을 받아달라고 해도 중국의 보복이 두려워 다른 나라들은 피하고 있어요."

그러자 리우 사령관이 흥분하며 말을 이었다.

"총통각하, 지금 중국은 공공연히 '우리를 합병하겠다.'고 호언장담하는 참으로 오만한 자세를 보이고 있습니다. 이번 말라카를 봉쇄한 왕주석의 태도로 보아 우리는 공격을 당하기 전에 선수를 쳐야 할 것입니다. 우리는 비록 미국의 지원이 없어도 기습적이고 전격적으로 공격한다면 서남부 지역의 몇 개 성은 차지할 수 있습니다. 또한 그곳의 당 서기들도 중앙 정부의 차별 정책에 불만이 많고 경제가 어려운 현실에서 우리의 자본과 고급인력으로 새로운 독립정부를 원하고 있는 실정입니다."

천총통이 무거운 한숨을 내쉬며 링링에게 물었다.

"왕위원의 생각은 어떻소?"

"저의 최종적 의견은 이렇습니다. 중국은 이미 시징핑 주석 당시부터 대만을 합병시키겠다고 공언했습니다. 제가 4년 전 비공식으로 왕주석의 사저에 초대받았을 때 느낌을 받은 것이 있었습니다. 중국은 이제 대만의 합병이 목적이 아니라 세계 유일의 초강대국을 꿈꾸고 있습니다. 저도 리우 사령관님의 의견에 동의합니다. 어차피 중국은 말라카 해협 봉쇄에 이어 내년 1월에는 우리를 공격할 것이라는 정보도 있습니다."

그러자 더욱 긴장하는 천총통이 다시 물었다.

"왕위원, 그것은 어디서 입수한 정보요?"

링링은 순간 주저하고 있었다. 사실 그녀는 이틀 전 위샤오퉁으로부터 극비의 연락을 받았었다. 그것은 내년 1월 초 중국이 대만을 합병할 계획을 세우고 있으니 저항하지 말고 투항하면 자신이 무슨 일이 있어도 왕주석의 허락을 받아 꼭 구제하겠다는 내용이었다. 이틀을 고민하던 링링은 끝내 이렇게 결심했다.

'내가 위샤오통을 사랑하는 것은 개인의 감정이다. 조국의 운명이 중국에 합병된다면 나는 끝까지 저항할 것이다. 구차하게 사적인 감정으로 목숨을 구걸하지 않을 것이다. 나는 조국의 운명을 중국에 맡기지 않을 것이다. 차라리 끝까지 저항하다 의로운 죽음을 맞이할 것이다.'

링링은 담담히 대답했다.

"예, 총통각하. 중국내 최고위급 인사로부터 입수한 것입니다. 누구의 입에서 나온 것이 중요한 것이 아니라 지금의 모든 상황이 우리가 선제적으로 대응해야 함을 알려주고 있습니다. 보고서도 그렇고, 최고위 인사의 제보도 그렇고, 이제는 결단의 시간만 남았습니다."

한동안 말이 없던 천총통의 입에서 최후 결정의 목소리가 흘러나왔다.

"그럼 이제는 조국의 운명을 정합시다. 중국에 합병되어 노예의 삶을 사느니 먼저 기습하여 본토를 장악합시다. 어차피 빈부 격차로 중앙에 불만이 많은 서남부 세 성은 우리의 선택을 받아드릴 것이요. 물에 잠겨 죽나, 싸우다 죽나 별반 차이가 없소. 나중에 조국의 자존심을 지킨 지도자로 남는다면 더 이상 바랄 것이 없소."

그때 리우 사령관이 비장하게 물었다.

"그러면 총통각하, D-day는 언제로 하면 되겠습니까?"

천총통은 말없이 왼 손으로는 달력의 1일을 가리키며 오른 손으로는 중국 서남부의 운남성, 귀주성, 해남성 등 세 개의 성에 동그라미를 그리고 있었다.

다음날인 26일 오전 10시, 도쿄 혼조 부총리의 방에는 혼조 부총리와 야마다 다로 방위성 장관, 사토 지로 육상 자위대장, 기무라 이시오 해상 자위대장, 가토 히데까스 항공 자위대장 등이 모여 있었다. 이들은 혼조 부총리와 한국 침공의 당위성과 방법에 대해 심각한 논의를 하고 있었다. 먼저 혼조 부총리가 입을 열었다.

"이번에 가내 총리와 하루꼬 장관은 남한에게 우리들의 이주를 구걸하고 있소. 물론 남한에서 받아줄 리도 만무하지만 우리 대일본이 과거 우리의 영토인 한반도에 우리의 목숨과 자존심을 구걸한다는 것은 있을 수 없는 일이오. 이제는 일본 열도가 물에 잠기고 있는 상황인데다 곧이어 후지산 폭발과 도쿄 직하지진이 예고되어 있소. 그래서 나는 오늘 부득불 여러분들과 함께 순국열조들의 과업이었던 한반도 침공을 정하려 하오. 날짜는 1월 1일 0시, 공격 장소는 한국 심장부인 계룡대 기지요. 이의 있는 분 있습니까?"

참석자들은 이곳에 오기 전부터 이미 의견을 모았던 터라 이견이 있을 수 없었다. 모두들 고개를 끄덕이고 있었다. 다만 가토 항공대 대장만이 고개를 숙이고 있다 자신 없는 말투로 입을 열었다.

"혼조 부총리님, 마지막으로 남한과 북한에 이주를 요청해 보면 어떻겠습니까? 우리 자위대 전력으로 국지전을 수행할 수 있겠지만 핵전력이 없는 상황에서 승산이 어려운 현실도 감안해 주십시오."

그러자 사토 대장이 눈에 불을 켜고 소리를 질렀다.

"아니, 가토 대장 그 얘기는 싸워 보지도 않고 항복하자는 소리 아니요? 앞으로 그런 패배주의 주장을 하려거든 당장 이 자리에서 나가시오. 어찌 이런 자가 대일본의 항공대장이라니........"

흥분하고 있는 사토대장을 보며 기무라 해상대장이 신중하게 의견을 내고 있었다.

"이제 더 이상 소모적인 논쟁은 거둡시다. 그러면 세부적으로 자위대 병력을 어디로 집결하는 것이 좋겠소?"

조용히 얘기를 듣고 있던 야마다 장관이 말을 이었다.

"물론 드론과 무인기공격도 효율적이겠지만 전격적인 기습을 단행하려면 병력 수송이 용이한 큐수가 좋겠소. 2~3일 내로 집결을 완료합시다."

혼조 부총리가 모두를 둘러보며 마무리를 짓고 있었다.

"오늘 이곳에서 결정된 사항은 극비로 진행을 해야 할 것이오. 조국과 민족의 운명이 여러분께 달려 있소이다. 아마도 국민들의 30%인 고령층들은 불타오르며 침몰하는 대일본 열도와 운명을 같이할 것이오. 가내를 따르는 백만을 제외한 나머지 국민들은 우리와 함께 할 것이오. 모두들 준비에 최선을 다해 주시오. 사토대장만 남고 나가셔도 좋소."

14
터지는 불꽃

일본의 결정이 나고 그 다음날인 27일 오후 2시. 중국 동북성 최북단인 헤이룽장성 외곽의 한 목조주택에는 북한의 조미령 국방위원과 헤이룽장 성의 리하이잉 당서기, 랴오닝 성의 진룽산 당서기, 지린 성의 주룽지 당서기가 최소한의 수행원만 대동한 채 모여 있었다. 동북성 세 당서기들은 조선족 출신들로서 북한의 김주녀 주석의 요청으로 극비 회담을 하기 위해 이곳에 온 고위 인사들이었다. 이들은 최근 북한을 수시로 왕래하며 김주석과 조위원과도 허심탄회하게 의견을 나누고 있었다. 그러면서 세 당서기들은 1국 2체제를 이루어 부국강병(富國强兵)을 이룬 북한과 남한을 롤모델로 삼고 싶어 했다. 또한 이 세 사람은 중국 중앙정부의 차별 정책으로 빈부격차와 도농격차가 점점 커지고 있어서 다른 지방 자치 성들보다 불만이 커져 가고 있었다. 서로 간단히 인사를 나누고 조위원이 긴장이 역력한 표정으로 말문을 열었다.

"안녕들 하셨습니까? 세 분 당서기님. 오늘 극비의 보안을 지키시고 이 자리에 오시느라 고생하셨습니다. 일 년 전 중국정부의 남중국해 점령과 말라카 해협 봉쇄로 동북아 나라들은 그야말로 지옥 같은 세월을 겪고 있습니다. 다행히 우리 북한과 남한은 러시아와 협력하여 이 위기를 기회로 극복하고 있습니다. 여러분들께서는 어떻게 받아들이시는지 모르겠지만 지금 왕후닝 주석은 주변국들의 안위는 무시하고 힘과 패권으로 세계를 지배하려 하고 있습니다. 아무리 미국과 러시아의 영향력이 줄어들었다 해도 초대강국을 이루려는 왕주석의 야심을 이제는 막아야 한다고 생각합니다. 여러분들은 어떻게 생각하시는지요? 고견(高見)을 듣고자 합니다."

그러자 성격 급한 진룽산 서기가 먼저 말을 받았다.

"우리 동북 3성은 전체 중국 인민들의 식량 보급에 20%를 책임지고 있소. 일 년 동안 모든 노력을 경주하여 우리 인민들을 가난과 기아에서 벗어나게 했다고 자부하고 있어요. 그런데 중앙정부는 대도시 인민들만 부유하게 만들고 있어요. 물론 중화민국 대가족을 추구하는 중앙정부로서는 불가피한 면도 있지만 이렇게 죽도록 일해서 식량을 보급해도 도농격차가 커져 간다면 우리는 더 이상 중앙에 기대지 않을 것이요."

이때, 리하이잉 서기가 착잡한 표정으로 좌중을 둘러보며 말을 이었다.

"나도 진서기님 의견에 동감하오. 우리 조선동포들은 문화대혁명을 겪으며 최대한 중화민족에 동화하려 애써 왔소. 하지만 차별을 당하지 않으려 아무리 노력해도 소수민족의 설움은 떨칠 수 없었소. 그래도 우리 동포들은 항일 투쟁의 후손이며 고유한 문화를 보존해 왔다는 자부심으로 그 어려운 박해의 시간들을 견뎌왔지요. 하지만 최근 중앙정부의 정책이 우리의 고유한 정서와 문화를 무시하며 보잘 것 없는 소수 민족의 것으로만 폄하하고 있는 현실을 더 이상 좌시할 수 없소이다.

지금 남한의 K- 한류 문화는 아시아를 넘어 세계를 한 가족으로 포용하고 있어요. 나는 북한과 남한의 진정한 힘은 서로를 인정하며 공생하는 정신문화에서 나온다고 믿고 있으며 우리도 그렇게 가야 한다고 주장하는 바이오."

한편 조용히 듣고 있던 주룽지 서기도 입을 열었다.

"나도 한 마디 하겠소. 나는 어려운 여건에서도 우리 아이들이 훌륭한 교육을 받는다면 부유한 미래가 올 것을 믿어 온 사람이오. 그래서 수십 년을 우리 성에서 식량의 자급자족을 위하고 전체 인민들을 위해서 고통을 참아 왔어요. 그래서 어느 정도 먹는 것을 해결했다고 스스로 위안을 삼았어요. 그런데 농촌에서 자라는 우리 아이들이 어떤 고통을 겪게 되었는지 아십니까? 지금 농촌 어린이들의 70%가 근시, 빈혈 등에 시달리고 있어요. 부모가 지금은 아무리 가난하고 배를 곯아도 자식들이 나중에 잘 살 것이라는 희망으로 참고 버티지 않습니까? 남한이 중진국의 함정에서 벗어났던 가장 큰 이유가 높은 교육열 때문이라는 것은 누구나 알고 있습니다. 나는 우리 아이들의 현실이 계속 이렇다면 중국의 미래는 없다고 단언합니다."

분위기가 점점 심각해지고 있었다. 누구라도 불을 붙이면 순식간에 활활 타오를 기세였다. 잠시 후 미령은 차분하고 힘있게 김주석의 제안을 설명하기 시작했다.

"예, 세 분 말씀 잘 들었습니다. 이제 중국 중앙 정부의 움직임으로 보아 조만간 대만을 침공할 것입니다. 또한 중앙에 불만이 많은 소수민족들에 대해 무자비한 탄압도 예상되고 있습니다. 그래서 같은 동포인 동북 3성의 서기님들에게 우리 김주녀 주석님과 남한의 신민기 대통령님의 간절한 바람을 전하고자 합니다. 지금 일본과 대만은 곧

나라가 바다에 잠길 운명에 처해 있습니다.

대만의 경우는 모르겠으나 우리 한민족의 후손들인 가내 일본 총리 일행 백 만 명은 동북 3성에서 수용해 주십시오. 물론 군사적인 대응은 우리 북한과 남한에서 핵을 위시하여 철저히 대응할 준비가 되어 있습니다. 그리고 또 한 가지 일본의 하루꼬 장관이 희토류 처리문제를 해결하여 동북 3성을 아시아에서 가장 부유한 나라로 만들 것입니다. 우리를 믿고 새로운 연합 국가 건설에 뜻을 함께 해 주시라는 두 분 지도자님들의 당부입니다. 지금 듣기로는 인도 국경과 우리 단둥의 분위기가 심상치 않다고 합니다. 만약 우리는 중국으로부터 선제공격을 받는다면 이번에는 결코 좌시하지 않을 것입니다."

정적이 마냥 흐르고 있었다. 그러다 진룽산 서기가 역시 호탕한 결론을 내리고 있었다.

"그래요, 나는 전적으로 따르겠소. 남한과 힘을 합한 북한을 보며 같은 동포로서 얼마나 부러웠는지 모르오. 조위원의 당당한 모습도 보기 좋소. 과거 만주를 호령하던 고구려인의 기상을 보는 것 같아 기분이 좋소이다. 하하하."

미령이 나머지 두 사람을 바라보았다. 두 서기들은 자리에서 일어나 고개를 끄덕이며 서로의 손을 굳게 잡고 있었다. 이제 전쟁의 시작을 알리는 심지의 불꽃이 타들어 가고 있었다.

다음날인 28일 오전 10시. 신민기 대통령과 정현민 수석은 대통령 관저에서 각자 걸려온 전화를 받고 있었다. 먼저 신대통령은 북한의 김주석과 전화 통화를 시작했다.

"김주석님, 이번 일로 고민이 많으시죠? 어떻게 조위원이 동북3성 서기님들과 협의가 잘 되었나요?"

"예, 대통령님. 말씀하신 대로 전달했더니 자신들도 이번 기회에 우리와 같은 체제의 국가를 이루고 경제적으로 잘살고 싶다는 열망이 넘치더랍니다. 정말이지 이번 위기를 잘 넘긴다면 우리의 숙원도 이룰 것 같아요. 안 그런가요, 신대통령님?"

"예, 잘 되었습니다. 음, 물론 인도나 대만 등 다른 나라들이 우리를 도와주어야 할 터인데요. 어쨌든 화살은 시위를 떠났습니다. 세부적인 부분은 모레 다시 극비로 상의 드리겠습니다. 그럼 이만 끊겠습니다."

"우리도 만반의 준비를 다하겠시요."

한편, 현민은 다급한 하루꼬의 전화를 받고 있었다.

"현민씨, 지금 혼조 부총리와 세 자위대 대장들이 1월 1일 한국 계룡대를 침공하기로 했다고 해. 물론 우리 일본 열도가 가라앉는다고 해도 1억이 넘는 국민들을 받아 주려는 나라는 현실적으로 없겠지. 하지만 아무리 과거 식민지였다고 해서 이렇게 전격적으로 한반도를 침공한다는 것은 있을 수 없는 일이야. 이렇게 되면 우리의 간도 이주는 어렵게 되는 것 아닐까?"

"아니야, 좀 전에 대통령님이 김주석님과 통화를 했는데 그곳의 당 서기님들은 적극 환영하고 있데. 물론 하루꼬의 신기술을 가장 기대하고 있겠지만. 그런데 이런 극비의 결정을 어떻게 알게 됐어? 하루꼬, 혹시 지금 위험한 상황 아니야?"

정말이지 현민은 하루꼬의 안위가 걱정이 되고 있었다. 하지만 이 정도의 위험은 충분히 파악할 수 있는 하루꼬였다.

"응, 그것이 가토 항공대 대장만이 남한과 북한에 이주를 요청하자고 마지막 의견을 냈나봐. 하지만 호전적인 참석자들로부터 일언

지하에 몰살이 됐다고 해. 그래도 총리님과 우리라도 살리겠다고 마음먹고 나에게 조금 전 연락을 했어. 이번 공격을 위해서 2~3일 내로 큐슈에 전 병력을 모은다고 했어. 가토 대장은 나머지 백만 명이라도 후일을 기약할 수만 있다면 자신은 죽어도 좋다고 하면서, 흑흑흑........."

하루꼬가 결국 감정을 주체하지 못하고 눈물을 흘리고 있었다. 현민은 이 문제를 당장 대통령과 국방장관, 삼군 대장들과 논의를 해야 했다.

"하루꼬, 정말 고마워. 이 전화가 수백 만의 우리 국민들을 살릴 거야. 마음을 굳게 먹고 총리님과 몸조심하고 있어. 이주자 수송 계획이 수립되면 다시 연락할게."

현민은 바로 대통령께 보고했으며, 대통령은 국방장관과 삼군 사령관들을 즉각 소집했다. 급박하게 돌아가는 남한과 북한의 상황이 전개되고 난 이틀 후인 12월 30일 새벽 2시, 중국과 국경을 맞닿고 있는 인도 동쪽 최북단인 아루나 찰프라데시 주의 타왕 지역에서 인도 국경 수비대 병력 백 명은 국경을 넘은 인민 해방군 700여 명의 기습 공격을 받고 있었다. 이곳은 2030년 국경 충돌 이후 비교적 평화롭게 양 측의 병력이 주둔해 왔으나 이번의 기습으로 인도군은 90명이 사망자가 발생하고 부탄과 네팔로 향하는 통로를 빼앗기고 말았다. 인도 정부는 이번에는 절대로 묵과할 수 없다며 대규모 보복전을 다짐했다.

15
최후의 선택

2039년도 이틀 남은 30일 오전 10시. 도쿄 총리 관저에는 가내 총리와 하루꼬 장관, 혼조 부총리와 야마다 장관 네 사람이 심각한 표정으로 앉아 있었다. 한동안 말이 없던 가내 총리가 먼저 힘겹게 입을 열었다.

"이보시오, 혼조 부총리. 한반도 침공 꼭 이 방법 밖에는 우리의 선택이 없는 것이요? 지난번에도 말했지만 우리가 선제공격을 해서 얻을 수 있는 것은 아무 것도 없소. 지금이라도 늦지 않았으니 국민들에게 일본이 조만간 침몰한다는 정보를 알리고 세계 여러 나라에 우리의 현실을 알려서 이민을 받아달라고 하는 것이 그나마 피해를 덜 보지 않겠소? 다시 한 번 차선책이라도 세워 봅시다."

간절히 호소하는 가내 총리의 시선을 외면하며 혼조 부총리는 무심한 말투로 대답했다.

"지난 번 하루꼬 장관이 일주일의 시간을 달라고 해서 나는 인내를 가지고 기다렸소. 그렇지만 그 답은 당신네 가야의 김씨 후손들 백 만 명만 살겠다고 이 숭고한 열도를 버리는 것이었소. 물론 나도 처음부터 열도의 침몰을 믿지 않았소. 그러나 최근 기상청장의 보고나 후지산의 상태, 해저 판들의 움직임으로 보아 더 이상 이 땅에서 생존을 보장하기는 어려울 것 같소. 가뜩이나 중국의 패권주의로 경제가 어려운 상황에서 1억 2천만 명이나 되는 우리 국민들을 어느 나라가 받아 준다 말이오? 이제 그런 얘기는 때늦은 탁상공론이고 비겁한 패배의식일 뿐이요."

그러자 듣고 있던 하루꼬가 혼조 부총리를 향하여 고개를 숙이며 부탁을 했다.

'아닙니다, 부총리님. 지금이라도 솔직하게 일본의 침몰 사실을 국민들에게 알려 협조를 구하고 남한과 북한, 세계 여러 나라들에게 인도적인 요청을 한다면 다는 안 되겠지만 절반 이상은 구할 수 있습니다. 우리가 할 수 있는 노력을 해 보아야지요. 부총리님, 한번만 더 재고해 주세요. 간절히 부탁드립니다."

이때, 야마다 장관이 혼조 부총리와 눈을 맞추며 입을 열었다.

"누가 침몰하는 열도와 운명을 같이 하고 싶겠소? 자국에 이익이 없으면 어떤 나라도 우리에게 손을 내밀지 않소. 나라고 왜 그런 생각을 안 해보았겠소? 이민이라는 것이 그렇게 간단한 일이 아니요. 우리도 동남아시아나 중국의 불법 체류자들을 보면 알 수 있지 않소? 자기네 고유한 언어나 문화가 있는 민족이 다른 나라에 이민 신청을 한다는 것은 너무도 비현실적인 생각인 것이오. 알겠소, 하루꼬 장관?"

하루꼬는 이 말을 듣고 무릎을 꿇고 있었다.

"부총리님, 야마다 장관님. 우리 일본의 우수한 기업과 인력, 기술이 있지 않습니까? 이것을 협상의 카드로 사용할 수도 있는 것 아닙니까? 제발 전쟁만은 피하고 싶어요. 전쟁으로는 모든 것을 잃습니다."

혼조 부총리가 이 모습을 보며 코웃음을 치면서 대답했다.

"흥, 그런 기술은 우리 말고도 다른 나라에 많이 있어요. 군이 골치 아픈 문제를 감수하면서까지 이민을 받아줄 나라는 없소. 당신들은 미국과 러시아를 보면서 느끼는 것이 없어요? 세계를 호령했던 두 강대국들도 자국의 이익이 안 되면 과거의 우방이나 동맹국들을 쉽게 포기하는 국제 현실을 아직도 모른단 말이오? 이런 나약한 자들이 우리 내각의 중책을 맡고 있으니 우리가 우리의 운명을 남한과 북한 같은 나라들에게 구걸하고 있는 것 아니오? 우리는 절대 힘없는 일본이 아니오. 핵 없이도 국지전으로 한반도 일부는 차지할 수 있소."

이런 강경한 모습을 보고 있던 가내 총리가 하루꼬를 일으켜 세우며 비장하게 말했다.

"혼조 부총리, 야마다 장관. 당신들 의견을 잘 알겠소. 우리 일본이 지정학적 섬 나라의 운명을 끝내 벗어날 수 없음을 비통하게 생각하오. 과거 우리 일본은 이러한 운명을 극복하고자 제국주의와 군국주의를 택했소. 잠시 동안은 아시아와 세계를 재패한다는 환상에 사로 잡혀서 수많은 만행을 저질렀소. 지금까지도 우리는 그때 저질렀던 과오를 역사와 민족 앞에 반성하고 있소. 일본 열도의 운명이 또다시 선택의 기로에 서 있소. 나는 비록 나약한 지도자라는 평가를 받아도 자국만의 생존을 위하여 타국을 침략하는 과오를 다시는 하지 않겠소. 그대들이 전쟁 의사를 바꾸지 않는다면 나로서는 더 이상 총리직을 수행할 수 없소. 나는 모든 비난을 받아도 차선책으로 백만 명이라도 인명을 구조하는 선택을 할 것이오. 마지막으로 부디 전쟁만은 벌이지 않기를 부탁드리오."

그러면서 가내 총리는 두 사람을 향하여 고개를 깊숙이 숙이고 있었다. 그러나 혼조 부총리와 야마다 장관은 가내 총리와 하루꼬 장관을 경멸하는 표정을 지으며 자리를 박차고 나가 버렸다.

잠시 후 혼조 부총리의 사무실에 5인의 군부 실력자들이 모여 있었다. 혼조 부총리가 최후 담판의 내용을 전달했다.

"자, 여러분. 이제 일본의 총리는 없소이다. 비상시국인 만큼 나와 여러분들이 모든 사안을 결정하겠소. 이의 있소이까?"

나머지 참석자들은 굳은 표정으로 고개를 끄덕이며 동의를 했다.

"좋소이다. 야마다 장관이 이번 한국 침공의 계획을 먼저 말해 보시오."

"예, 지금 우리 자위대의 전력은 남한에 비하여 해군은 압도적 우세, 공군은 비슷하며 육군은 열세입니다. 비록 남한이 핵무기가 보유하고 있지만 중국과 대립각을 세우고 있는 상황과 핵이 없는 우리에게 먼저 핵을 사용하지는 못할 것입니다. 그렇다면 일단은 동해로 이지스 구축함과 헬기항모를 투입하여 독도를 무력 점령하면 남한은 모든 대응을 동해로 모을 것입니다. 그들이 다시 독도를 탈환하기 위한 준비를 하고 있는 동안 태평양과 인도양으로 파견 나가 있는 해군력을 집결시키고 공군의 지원이 더해져서 서해의 군산으로 지상군을 투입한다면 계룡대를 접수할 수 있습니다. 철통같은 보안아래 전격적인 기습을 단행한다는 전제하에 말입니다."

그때, 사토 육상 대장이 다급한 마음으로 말을 이었다.

"기습과 속전속결이 중요합니다. 3~4일 내로 계룡대를 점령해야 합니다."

기무라 해상대장도 흥분하며 의견을 내고 있었다.

"맞습니다. 우리가 야마다 장관님의 계획대로 빈틈없이 준비를 해야 합니다. 장기전으로 가면 우리는 물자 보급에서 치명타를 맞습니다. 늦어도 일주일 안에 끝내야 합니다."

혼조 부총리가 강렬한 눈빛으로 좌중을 돌아보며 제안했다.

"좋소이다. 여러분들의 투혼을 보니 이제 우리는 과거 우리가 다스렸던 한반도로 다시 진출해야 할 시기가 온 것 같소. 만반의 준비를 다해 주시오."

전의를 다지는 네 명과 달리 가토 항공대장만이 말없이 고개를 숙이며 나가고 있었으며, 혼조 부총리는 나가는 사토 대장에게 귓속말을 하고 어깨를 두드리고 있었다.

같은 시간, 가내 총리는 하루꼬와 같이 사택으로 돌아와 대책을 논의하고 있었다. 먼저 총리가 하루꼬에게 묻고 있었다.

"하루꼬, 이제는 전쟁을 피할 수 없게 되었구나. 저들이 많은 준비를 한 것 같아. 그 계획을 더 이상 알 수 없으니 답답하기만 하구나. 정수석에게서 연락은 왔니?"

"예, 어제 저녁 통화를 했어요. 1월 2일 니가타로 군용기와 수송선을 보내겠다고 했어요. 우리 쪽에서도 최대한 인원과 수송수단을 준비해 달라고 하면서 가토대장에게 고맙다고 했어요."

"그래, 그나마 양심적인 인사가 남아 있어서 우리의 미래를 밝게 하는구나. 이제 정말 다른 방법이 없는 건가?"

그러자 하루꼬는 입술을 꼭 깨물며 다짐하고 있었다.

"예, 아빠. 총리를 그만 두신 것은 잘 하셨어요. 저들은 국민들의 안위보다는 오로지 전쟁으로 문제를 해결하려고 하지만 우리는 차선의 선택을 할 수 밖에 없어요. 지금 후지산 주변의 이상 징후가 계속 발견되는 것이 마음에 걸려요. 300백 년 동안 활동을 멈췄던 후지산이 지금 폭발한다면 그것만으로도 우리들은 생사를 장담할 수 없는데 직하지진과 해수면 상승까지 겹친다면 우리는 더 이상 생존을 위해서 남한과 북한으로 갈 수 밖에 없어요. 어떤 고난이 따르더라도 이 길로써 남은 민족을 구해야 해요."

가내 총리와 하루꼬는 서로의 손을 꼭 잡고 굳은 결의를 다지고 있었다.

한편, 한국의 신대통령과 북한의 김주녀 주석과 통화를 하고 있었다. 먼저 신대통령이 조심스럽게 묻고 있었다.

"김주석님, 북벌(北伐)은 잘 준비되고 있습니까?"

"예, 어떤 일인데 소홀이 하겠습니까. 걱정 마시라요. 일본의 동향은 어떻습니까?"

"예, 지금 큐슈로 모든 병력을 집결하고 있다고 합니다. 민족의 운명을 인도적으로 해결하려고 하지 않고 전쟁의 길을 택하다니 참으로 안타까운 일입니다."

"그래도 백만 명이라도 구할 수 있으면 다행 아니겠습니까? 그러면 내일 최종 통화하시지요."

전화를 끊은 신대통령은 이번 전쟁의 명칭을 김주석과 함께 '북벌'로 지었음을 다시금 상기하고 있었다. 이번 전쟁에 한민족의 미래와 운명이 걸려 있음을 신대통령은 가슴 절절하게 느끼고 있었으며 북쪽을 바라보는 그의 눈빛은 애틋하기만 했다.

16
침몰하는 열도

2039년 마지막 날인 12월 31일 오전 8시. 독도 경비대 소속 이철민 상병과 전호식 일병은 아침 식사를 하고 독도에서 가장 높은 초소에서 오전 경계 근무를 서고 있었다. 오늘따라 푸르른 수평선의 바다는 더없이 평화로웠다. 내일이면 일주인 휴가를 같이 나갈 생각에 이들의 눈길은 느긋하게 하얀 구름을 향하는 갈매기들을 좇고 있었다. 그러나 잠시 후 바다를 바라보던 이들의 시야에는 수 십 척의 함대들이 가득 차고 있었다. 고개를 갸웃거리며 이 상병이 물었다.

"어이, 전 일병. 오늘 이 근처에서 해상 훈련이 있다고 들었나?"

자신도 전혀 알 수 없는 일이라고 머리를 흔들며 전 일병이 대답했다.

"아닙니다, 들은 얘기 아무 것도 없습니다. 그런데 말입니다, 이 상병님. 저 군함들이 우리 해군 군함들 맞습니까? 아무래도 일본 군함 같습니다."

다급해진 이 상병이 본부로 무전 연락을 시작했다. 그러나 바로 해상에서는 수 백 발의 함포 사격이 시작됐고, 공중에서는 헬기의 기관총 사격과 함께 육상으로 진입한 수천 명의 자위대의 공격으로 독도는 30분이 채 걸리지 않아 일본에 무력 진압되었다. 이날 오전 10시,

계룡 기지에서는 정부의 핵심부서 장관들이 긴급 호출을 받고 비상 대기 중이었다. 신민기 대통령은 허창섭 국방장관으로부터 독도 침탈 보고를 받고 있었다. 신대통령은 최대한 감정을 자제하고 있었다.

"그게 사실이오, 국방장관?"

"예, 대통령님. 오늘 전격적인 공격으로 경비대 병력 오십 명이 사망하고 나머지 오십 명이 포로로 억류되어 있다고 합니다."

신대통령은 각 부서의 장관들에게 다음과 같이 지시를 내렸다.

"일본이 드디어 전쟁을 도발했소. 상징적으로 독도를 침공한 이유는 세계의 이목을 그 쪽으로 집중시키고 아마도 서해안으로 주력 부대가 상륙하려는 것일 거요. 일단은 외무장관에게 UN에 공식으로 항의를 하라고 하시오. 그리고 국방장관은 전군에 데프콘 1을 발령하시오."

외무장관과 국방장관이 나가고 대통령은 현민을 자신의 가까이 불렀다.

"정수석, 니가타의 수송 작전은 준비가 다 되었소?"

"예, 이틀 후면 우리 군용기와 수송선이 도착하여 임무를 수행할 것입니다. 그리고 대통령님, 오늘이면 일본의 자위대 모든 병력이 큐슈에 집결할 것 같습니다. 어떻게 대응하실 계획이십니까?"

"그게, 일본의 독도 침공을 보니 저들은 아마도 이성적인 대화나 협상이 아니라 극단적인 전쟁을 택했소. 물론 일본 열도가 폭발하거나 잠길 수도 있다지만 이렇게 힘으로 타국을 침범한다면 우리로선 부득불 핵을 사용할 수밖에 없소. 이 방법만이 우리 군의 피해를 최소화하는 차선의 방법일 것이오. 다른 장관들도 동의할 것이오. 내일 0시를 기하여 큐슈로 잠수정 핵미사일인 '광개토Ⅲ'를 발사합시다. 주력 부대가 모여 있는 상황이니 일본은 크나큰 타격을 입을 것이요."

그때, 국방장관은 인도와 중국의 국경 지역에서 인민해방군이 침략하여 국경을 빼앗았으며, 또한 북한과의 국경인 단둥에도 침공을 시작하여 북한군과 교전이 시작됐다는 소식을 전하고 있었다. 이를 듣고 있는 현민의 마음속에는 걷잡을 수없는 불길의 소용돌이가 타오르고 있었다.

'드디어 중국과 일본이 전쟁을 선택했다. 우리는 어떻게 대응해야 할 것인가? 핵의 사용은 더 이상 피할 수 없게 되었다. 대통령의 말씀대로 그것이 차선의 선택이라면 우리는 주저하지 말아야 할 것이다.'

이때, 현민의 전화기가 울리고 있었다. 바로 북한의 조미령이었다. 수화기 너머 다급한 미령의 목소리가 들려왔다.

"정현민 수석, 조미령입니다. 중국이 우리 국경인 단둥을 넘어 신의주로 쳐들어오고 있소. 저들은 남중국해 도발에 이어 우리까지도 만만히 보고 있는 것 같소. 김 주석님께서 '북벌'과 관련하여 대응책을 정수석과 함께 찾아보라 지시하셨소. 지금 인도도 중국에게 국경을 빼앗기고 또한 일본이 독도를 점령했다는데 사실이오?"

현민은 차분하게 대답했다.

"조 위원, 사실이오. 우리 신대통령님께서는 핵을 사용하기로 결단을 내렸어요. 일본을 상대로 고뇌의 선택을 한 것입니다."

잠시 말이 없던 미령이 굳은 결심을 한 듯 말을 이었다.

"남한이 그런 결단을 했다면 우리도 공동 대응을 해야겠지요. 김주석님께 그렇게 보고 올리겠소."

"그런데 조위원, 중국은 북한의 핵공격을 그냥 당하고 있지 않을 것이요. 일본이야 핵이 없지만 중국을 상대하려면 우리의 핵미사일 대응체계인 '킬체인'과 같이 대응하도록 하십시오. 세부적인 부분은 우리 국방부의 도움을 받는다면 북한의 인민들에게 큰 도움이 되리라 믿습니다."

그러자 한결 목소리에 힘이 생기는 미령이었다.

"고맙소, 정수석. 물론 우리도 대응체계가 있지만 남한의 국방기술은 세계 최고이니 이번 전쟁에 서로가 힘을 모은다면 우리는 전쟁 승리와 아울러 새로운 역사를 열 수도 있을 것 같소. 김주석님도 아주 기뻐할 것이오."

숨 가쁘게 중국과 일본의 도발에 대응하였던 남한의 최고 지휘부에서는 1월 1일 0시를 기해 양국이 공동 개발한 대륙간 핵탄도 미사일인 '광개토Ⅲ'를 발사하고 있었다. 먼저 남한의 계룡기지에서 발사된 '광개토Ⅲ'는 잠수정으로 잠항하다 일본 큐슈의 자위대 지상군 기지 상공을 향하여 힘차게 날아올랐다. 먼저 31일 저녁 한국의 무인기와 무인 드론들의 공격을 레이더 탐지와 항공대의 격추로 성공적으로 방어한 일본의 지휘부는 전 함대 병력을 후쿠오까에 집결한 상태였다. '이즈모'를 비롯한 호위함 100척, 잠수함 50척, 기뢰함정 40척, 초계함 10척, 수송함 30척과 5만의 해상자위대 병력이 전쟁 준비를 마치고 있었다. 수월하게 독도를 점령하고 한국 무인기의 공격을 손쉽게 막아낸 일본 지휘부는 낙관적인 승리를 꿈꾸며 0시를 기하여 한반도 본토를 향한 총공격의 명령을 내렸다. 그로부터 5분 후 일본 구마모토 레이더 기지는 혼조 부총리에게 잠수정 수중어뢰에서 발사되어 탐지하지 못한 남한의 핵미사일 발사라는 긴급한 보고를 올렸다. 바로 남한의 핵미사일이 5분 후면 큐슈를 강타한다는 충격적인 내용이었다. 이미 호위함에 탑승하고 있던 혼조 부총리는 모든 병력의 신속한 이동 명령을 내렸다. 하지만 어마어마한 위력을 지닌 '광개토Ⅲ'는 큐슈의 상공 1키로미터에서 폭발해 큐슈의 모든 것을 흔적도 없이 지워버리고 있었으며, 핵미사일 반경 안에서 벗어나지 못한 일본 자위대는 모든 병력의 30%만이 살아남은 채 항로를 독도로 변경하지 않을 수 없었다. 승리를 낙관했던 일본정부의 지휘부는 이제는 초라하게 패망을 기다리며 항복해야할 한심한 신세로 전락하고 말았다. 독도로 피신하는 혼조 부총리는 그때서야 가내 총리와 하루꼬 장관의 의견을 무시했던 자신을 돌아보고 있었지만 이미 그들은 돌아올 수 없는 다리를 건넌 사람들이었다.

다음 날인 2일 아침, 후지산 부근의 이시카와현 주민들은 불안에 떨고 있었다. 그것은 3백 년 동안 활동이 없었던 후지산의 동태가 심상치 않아서였다. 최근 참새들이 거의 보이지 않고 후지산 주변 도로들이 주저앉고 있었다. 한편 이시카와현 지질 조사 센터 데이터 담당 직원인 나무라 아야꼬는 수없이 물결치는 저주파 자료를 보며 혼비백산하고 있었다. 모든 자료들의 수치와 모양이 곧 있을 후지산 대폭발을 알려주고 있었다. 이윽고 한 시간 후 후지산 정상에서부터 시뻘건 용암 덩어리들이 분출하기 시작했고 엄청난 구름회오리가 피어오르고 휘몰아치고 있었으며, 끝도 없는 화산재가 분출되고 있었다. 엄청난 폭발은 관동 지역을 먼저 강타하기 시작했다.

새해를 맞아 희망에 부풀었던 수도 도쿄는 그야말로 아비규환과 아수라장 그 자체였다. 31일 정부의 독도 침공, 1일의 한국 본토 공격 실패와 큐슈 전멸 등 믿을 수 없는 충격을 받은 데다 후지산의 대폭발에 이은 도쿄 직하지진의 대참사를 맞고 있었기 때문이다. 모든 도로가 갈라지기 시작했고, 건물들이 팬케익처럼 주저앉고 있었다.

순식간에 일본을 강타한 대폭발과 대지진에 대피하지 못한 사람들은 속수무책으로 땅속으로 빨려 들어가고 있었고, 영문도 모르는 채 죽어가고 있었다. 그나마 고지대로 대피하고 있던 국민들은 미처 피하지 못한 가족의 안위를 걱정하기 시작했고, 자신들을 버린 정부를 향한 불만도 잊은 채 오로지 생존을 위하여 앞 사람만 쳐다보며 끝없는 고난의 길을 걷고 있었다. 정부는 독도로 피신하고 자신들을 지켜줄 일본이라는 나라는 존재하지 않고 있었다. 그나마 가내 총리를 따르는 극소수의 사람들만이 남한으로 탈출했다는 확인이 안 된 소식만이 들려오고 있었다.

일본 전역이 불타오르고 있었다. 모든 건물과 주택, 공장들이 화염에 휩싸여 있었고, 전기와 통신이 두절되었으며, 비행기와 선박, 자동차를 이용한 모든 이동 수단이 불가능 하였다. 그러나 일본의 불행은 이것으로 끝이 아니었다. 민간인들과 남아 있는 지자체의 필사적인 노력으로 그나마 살아남아 있던 모든 이들의 노력과 희망을 무너뜨리는 대해일이 몰려오고 있었다. 대해일은 해수면의 상승을 막아보려 쌓아올렸던 방파제를 순식간에 무너뜨렸고, 후지산의 폭발, 도쿄의 지진, 해수면 상승의 결과로 터져 나오며 한 달 간에 걸쳐 서서히 일본 열도를 침몰시키고 있었다.

17
초토화된 남부3성

    남한의 핵미사일인 '광개토Ⅲ'가 일본의 큐슈 상공에서 폭발할 즈음, 대만의 모든 병력은 중국 남부전구 소속 인민해방군과 소규모 전투 이외에는 별다른 공격을 받지 않고 해남성 해안에 상륙할 수 있었다. 그 이유는 남부 전구의 주력 전투 부대들은 인도 국경에서 발발한 전쟁이 대규모로 커짐에 따라 서부 전구를 지원하기 위하여 서장 자치구로 이동 중이었다. 또한 필수적으로 남은 나머지 부대들은 새해 첫날이라 모든 긴장이 풀려 있었다. 오전에만 해남성과 운남성을 차지한 대만 군병력은 오후 2시에는 목표했던 귀주성으로 진격하여 이곳까지 점령하고 있었다. 그리고 점령 작전을 실시하며 큰 피해를 입지 않은 대만 지휘부는 오후 6시에는 대규모의 수송선들을 동원해 대만인들의 70%를 서남부 3성에 이주시킬 수 있었다.

    이는 대만 열도의 침몰과 중국본토의 침공에 대비하여 1년 전부터 치밀한 작전과 이주 계획을 세웠던 대만 지휘부의 탁월한 능력 때문이었다. 또한 오랜 기간 장총통과 왕링링이 서남부 3성의 당서기들과 내부적으로 비밀리에 대책을 논의하여 왔었다. 최근 왕링링이 극비리에 만나 본 이곳의 세 당서기들은 중앙 정부에 많은 불만을 가지고 있었다. 자신들이 관리하는 서남부 3성은 비약적으로 발전한 동부 해안의 도시들에 비하여 빈부 격차가 너무나 크다는 것이었다. 특히나 중앙 정부가 수도권 지역인 동부 연안 도시인 북경, 상해, 광주, 천진 등을 발전시키기 위해 자신들 서남부를 희생시키고 있다고 노골적으로 비난하고 있었다.

왕링링은 이곳 서남부 3성에 와서 끝도 없이 세워지고 있던 송전선과 가스관, 고속철도를 보고 놀란 기억이 떠오르고 있었다. 특히나 사막의 벌판을 가로지르는 끝이 안 보이는 송전탑의 모습은 마치도 광활한 대륙을 정복했던 과거 기마민족의 수없이 많은 말떼들을 연상시키고 있었다. 이 송전선, 가스관, 철도야말로 서남부의 자원을 약탈하여 동부 연안으로 빼앗아 가고 있다고 당서기들은 입을 모아 말하고 있었다. 그러면서 자신들에게 남은 것은 대규모 개발로 인한 환경 오염과 공해와 중앙의 간섭이라고 치를 떨고 있었다. 귀주성의 당서기인 쟈오루이는 이렇게 극단적으로 표현하고 있었다. '좋은 것은 동쪽으로 다 가져가고, 나쁜 것은 서쪽으로 다 보낸다.'

그때, 왕링링은 거대한 힘을 가진 중국도 결국은 미국처럼 계층 간 빈부 격차와 지역의 불평등으로 심각한 내부 분열을 겪을 것이라 예상하고 있었다.

한편, 같은 날 오후. 북경의 주석 공관에는 심각한 분위기가 흐르고 있었다. 이곳에는 중국 최고 지도부인 왕후닝 주석과 위샤오통 국무위원, 리우 첸 총리, 왕다위 국방장관, 원하오 연합 참모장 등이 자리해 있었다. 새해 첫 날, 0시를 기하여 천진으로 날아온 북한의 핵미사일과 단둥 지역 국지전, 대만의 남부3성 기습 점령, 일본의 독도 점령과 패전, 인도와의 국경 전쟁 확대 등 중국의 입장에서는 하나같이 특단의 결정을 요구하는 내용들이었다. 항상 호기롭기만 했던 왕주석이 원하오 참모장에게 물었다.

"원 참모장, 오늘 새벽 정말 북한이 천진으로 핵미사일을 쏘았소?"

"예, 주석님. 북한 원산에서 발사한 '광개토Ⅰ'는 연태 지역의 우리 핵방어 기지에서 바로 탐지하고 요격미사일을 발사하여 황해에서 격추하였습니다. 핵미사일 발사로 인한 우리의 피해는 전무합니다."

다행스러운 듯 왕주석이 턱을 쓰다듬으며 말했다.

"아니, 우리가 북한의 세습체제에 대해 날선 비판을 하기도 했지만 어떻게 북한이 우리를 향해서 감히 핵을 쏠 수 있단 말이요? 안 그렇소, 국방장관?"

그러자 왕 다위 국방장관이 신중하게 답변했다.

"예, 오늘 북한의 도발은 그 동안의 체제 비판과 어제 신의주 지역을 빼앗긴 것에 대한 일종의 시위라고 봅니다. 북한이 정말 우리와 전쟁을 불사하려고 했다면 요격이 가능한 '광개토Ⅰ'이 아닌 남한이 일본에 발사한 '광개토Ⅲ'을 쏘았을 것입니다. 더구나 북경이 아닌 천진으로 쏘았다는 점도 전면전으로 전쟁을 하겠다는 의도는 없는 것으로 보입니다. 현재 북한군의 동향에서 특이한 점은 없습니다."

이때, 조급한 표정으로 리우 첸 총리가 왕주석에게 물었다.

"왕주석님, 대만의 남부 3성 점령으로 여러 자치주들의 독립 움직임이 심상치 않습니다. 3성을 점령한 이들을 어떻게 처리하는 것이 좋겠습니까?"

잠시 왕주석이 고민에 빠져 있자 원하오 참모장이 단호하게 의견을 내었다.

"저희가 인도와의 국경 전쟁이 확대되는 틈을 타서 하루 만에 3성을 점령했다는 것은 대만이 오랜 기간 준비를 철저히 했다는 것을 시사합니다. 또한 하루 만에 자국의 국민들이 이주를 하였다는 것은 3성의 당서기들이 암묵적으로 대만을 지지하고 협조하고 있다는 의미입니다. 특단의 조치를 해야 한다고 생각합니다."

순간 눈에서 안광이 번쩍하며 쏟아지는 왕주석이 참모장에게 물었다.

"원참모장이 생각하는 특단의 조치는 무엇이오?"

"예. 차후에 독립을 주장하려는 자치주들에게 본보기를 보여 주기 위해서는 이번에 3성을 점령한 대만인들을 전멸시켜야 합니다. 그래야 다시는 중국 공산당과 본토에 도전하는 다른 나라들이 생겨나지 않을 것입니다."

그러자 왕 다위 국방장관도 원 참모장을 거들기 시작했다.

"저도 참모장 의견에 동의합니다. 지금 전쟁 초기에 확실히 제압을 해야 합니다."

그때, 묵묵히 듣고만 있던 위샤오통이 무거운 안색으로 말을 꺼냈다.

"존경하는 왕주석님, 그리고 총리님, 군 고위 사령관님들께 고언의 말씀을 드려보고자 합니다. 지금 대만은 열도에 지진이 발생한데다 특히 해수면이 상승하고 있어 국가의 존립이 어려운 현실이라 듣고 있습니다. 일본도 일부분 물에 잠기고 있다 합니다. 물론 먼저 본토를 공격하여 점령한 부분은 도저히 용납할 수 없는 도전입니다. 하지만 나라가 물에 잠기는 상황에서 생존을 위해 본토로 이주해 온 민간인들은 구제하여 주셨으면 합니다. 남한도 일부 일본 국민들을 받아주려 하고 있다고 들었습니다. 힘으로 굴복시키는 것은 나중에 크나큰 역풍을 맞을 수도 있습니다. 그리고 우리는 조만간 대만을 무력 합병하려고 하지 않았습니까? 우리는 대국으로서 대만을 품어주는 포용력을 발휘했으면 합니다."

그러자 왕 다위 국방장관이 흥분하며 위샤오통을 몰아부쳤다.

"아니, 위샤오통 위원. 그 말은 본토를 빼앗은 대만을 인정해 주는 꼴이 아니요? 우리는 절대로 그렇게 할 수 없소. 본때를 보여야 다시는 도전을 못할 것이오."

완곡하고 간절한 위샤오통의 제안이었지만 작은 섬나라인 대만에 본토를 빼앗겨 대국의 자존심을 구겼다는 대세를 거스르기에는 역부족이었다.

잠시 후 마침내 왕주석의 입에서 최종 결론이 나왔다.

"위샤오통 위원의 마음은 알겠소. 하지만 그것은 어디까지나 먼저 대만이 우리에게 머리를 숙이고 중국의 국민이 되겠다고 무릎 꿇고 요청했을 때 가능한 일인 것이오. 다른 분들이 제시한 본보기를 보여주자는 의견이 타당하오. 왕 국방장관, 이번에 본토를 침공한 대만국민들, 거기에 동조한 당서기들과 중앙에 불만을 갖고 있는 3성의 인민들을 모두 처형하시오. 위대한 우리 중국 공산당에 반대하면 어떠한 최후를 맞게 되는지 똑똑히 보여주시오. 단 한 명도 온정을 두지 마시오."

"예. 명령 완수하겠습니다."

"좋소. 지금 인도와의 국경 전쟁에 서부와 남부 전구 병력이 이동중인 것으로 알고 있소. 3성에 투입할 병력 계획은 어떻게 세울 것이오?"

마지막 작전을 묻는 왕주석에게 국방장관은 자신 있게 대답했다.

"예, 왕주석님. 걱정하지 마십시오. 동부 전구 병력에다 북부 전구 병력을 모두 투입하여 일주일 안으로 전쟁을 끝내겠습니다."

전멸시키라는 왕주석의 명령이 떨어지자 위샤오통에게는 차마 상상도 할 수 없는 비극이 시작되고 있었다. 그것은 바로 링링과의 영원한 이별을 예고하는 것이었다.

위샤오통은 어떻게 해서든 링링을 구해야만 했다. 그러나 자신의 주위에는 왕주석의 특별 지시로 보안요원들이 어느덧 배치되고 있었다. 자신이 어떻게 손을 쓸 겨를도 없이 대만이 차지한 3성의 초토화 작전이 시작되고 있었다. 중국 지상군은 병력 50만과 탱크 2천대, 2천문의 대포로 무장하고 있었으며, 폭격기 3백대와 전투기 일천 대가 투입되고 있었다. 여기에 지상군 십만과 탱크 8백 대, 대포 천문과 폭격기도 없고 전투기 5백 대의 대만군 전력은 상대가 될 수 없었다. 3일 동안 이어진 하늘에서 끝도 없이 떨어지는 폭탄의 폭발과 탱크와 대포의 포격으로 3성은 그야말로 전 국토가 화염에 휩싸이고 있었다. 3일 후 탱크로 중무장한 탱크를 앞세운 지상군 병력은 남아 있는 건물은 모두 불태웠으며, 보이는 민간인들은 보이는 대로 총격을 가했다. 사살된 민간인들의 시체가 산을 이루고 넓은 평야에는 이들이 흘린 피로 물들고 있었다. 실로 3성의 피해는 이루 말할 수 없었다. 하늘에서 드론으로 보이는 3성의 모습은 도시의 모습이 완전히 사라지고 있었다. 오로지 시뻘건 화염과 매캐한 연기, 끝없이 쌓여 있는 시체들과 부상자들의 신음만이 남아 있는 지옥의 모습이었다. 작전을 개시하고 5일 후 왕 다위 국방장관은 왕후닝 주석에게 3성 초토화 작전 종료를 보고하고 있었다. 이 보고서에는 본토로 이주한 대만인과 중국 민간인의 80%인 이천 만 명이 사살되었다는 충격적인 내용이 들어 있었다.

18
탈환하는 고토(故土)

중국 중앙정부가 남부3성의 대학살을 벌이고 있을 즈음, 중국과 북한의 접경 지역인 단둥과 신의주를 장악한 중국 북부 전구 소속 1개 사단 병력들은 승리감에 도취해 있었다. 단둥의 중국 지휘부는 천진을 향해 북한이 비록 핵미사일을 쏘았으나 곧바로 요격되었고, 북부 전구 소속 대부분의 병력이 남부로 이동하여 남부 3성을 초토화 시키는 상황에서 북한군의 움직임이 조용한 것은 더 이상 자신들에게 저항할 의지가 없는 것으로 해석하고 있었던 것이다. 남부 3성의 대학살이 시작된 1월 4일 새벽, 칠흑 같은 어둠 속에서 신의주에서 30키로 떨어진 용천에는 북한군 5개 군단 병력 50만 명과 전투기 500대가 김주녀 주석의 최종 공격 명령을 기다리고 있었다. 전날인 3일 오전, 평양 주석궁에서는 난상 토론이 벌어지고 있었다. 당시 이곳에는 김주녀 주석과 조미령 국무위원, 김영호 총참모부장, 장상진 보위국장, 리철민 호위사령부 사령관이 소집되어 있었다. 먼저 김주석이 입을 열었다.

"오늘 긴급 회의를 소집한 것은 중국의 일방적인 신의주 점령에 대응하고자 함이오. 우리는 1일 천진으로 '광개토Ⅰ'을 쏘았소. 물론 요격될 것을 감안한 미사일 공격이었소. 저들은 우리의 미사일 공격만 비난할 뿐 자신들의 군사적 도발에 대해서는 어떠한 사과도 하지 않고 있소. 이제는 우리의 의지를 행동으로 보여야 할 때요. 각자의 의견을 말해 보시오."

먼저 김영호 총참모부장이 심각하게 말을 이었다.

"예. 제가 먼저 말씀을 드리겠습니다. 중국은 왕후닝 주석이 3연임을 하게 되면서 모든 국가들을 상대로 힘을 통한 패권 통치를 주변국들에 강요하고 있는 실정입니다. 지난 번 남중국해 점령과 말라카 해협 봉쇄, 이번에는 인도 국경과 우리 신의주 점령 등 그야말로 안하무인의 자세입니다. 이번에는 우리도 힘으로 대응해야 합니다. 신의주를 탈환하는 것뿐 아니라 이번 기회에 랴오닝성, 지린성, 헤이룽장성을 되찾아야 합니다."

상당히 흥분하고 있는 김총참모부장이었다. 그러자 장상민 보위국장이 제동을 걸었다.

"여보시오, 김참모장. 전쟁은 감정으로 하는 것이 아니오. 그 동북3성을 차지한다는 것은 바로 중국과의 전면전을 하겠다는 의미요. 우리가 중국을 상대로 전면전을 해서 승산이 있겠소? 남한과 힘을 합한다 해도 우리는 승리를 자신할 수 없소. 결국은 양쪽 모두 핵을 사용하다 모두 패망하고 말 것이요."

옆에서 듣고 있던 리철민 사령관도 동조하고 나섰다.

"그렇소이다. 지금 중국과 전면전을 벌일 수는 없어요. 이번에는 신의주만 탈환하는 국지전으로 갑시다. 그것이 지금 우리에게 현실적인 방안이요."

이때, 조미령 위원이 무겁게 입을 떼었다.

"예, 물론 참모부장님과 사령관님의 의견도 일부분 맞습니다만 지금 중국의 태도로 보아 저들은 우리가 국지전으로 대응한다고 하여도 결국은 더 큰 욕심을 낼 것입니다. 다음에는 신의주가 아니라 평양 위의 정주와 안주까지 내려올 것입니다. 이번에 우리의 힘을 확실히 보여 주지 않으면 나중에 더 큰 후회를 할 것입니다."

장상민 국장은 고개를 절레절레 흔들고 있었다.

"이봐요, 조위원. 중국과 전면전은 안 된다니까. 전면전이야말로 가장 큰 비극이요, 후회라는 것을 모른단 말이오?"

그러자 듣고만 있던 김주석도 입을 떼었다.

"그렇다면 조위원, 우리가 지금 동북3성을 공격해서 다시 찾을 이유는 무엇이요?"

조미령은 차분히 대답했다.

"예, 주석님. 최근에 제가 동북3성 당서기들을 극비리에 만나고 왔습니다. 그 당서기들과 3성 인민들은 더 이상 중앙 정부를 신뢰하지 않고 있습니다. 그들은 계속해서 중앙 정부의 정책을 따라서 자식들에게 가난과 질병을 물려주느니 차라리 북한과 남한과 합병하기를 원하고 있습니다. 우리 북한이 남한과 1국 2체제를 이루어 빈곤에서 벗어나 풍족하고 여유로운 경제와 문화생활을 누리는 것을 알고 있기에 누구보다 간절히 바라고 있습니다. 사실 군사적으로 일부 지역을 점령한다 해도 그곳의 인민들이 마음속으로 승복하지 않는다면 결국은 실패로 돌아갈 것입니다."

분위기는 서서히 가라앉고 있었다. 그렇지만 리사령관은 흔쾌히 동북3성의 침공을 동의하지 않고 있었다.

"그래요, 조위원. 당신 말이 일리가 있다고 칩시다. 하지만 전쟁을 명분만으로 할 수는 없소. 당장 중국과의 전면전을 어떻게 해결할 것이며, 우리가 동북3성을 차지해도 그 많은 인민들을 경제적으로 어떻게 발전시킨단 말이오? 그곳은 가뜩이나 인구가 줄고 있는데 말이오?"

이때, 조미령은 눈빛을 빛내며 이렇게 말하고 있었다.

"저의 의견은 이렇습니다. 중국은 당장 우리와 전면전을 벌일 수 없습니다. 왜냐하면 인도와의 전쟁이 확산되고 있습니다. 또한 이번에 대만을 대학살하고 있는 상황은 비록 물리적인 무력으로 제압은 되겠지만 자국이 물에 잠기는 상황에서 본토로 이주한 같은 민족을 학살한 행위는 엄청난 역풍을 맞을 것입니다. 그들은 더군다나 대만과 협조했다는 이유만으로 남부 3성의 무고한 민간인들까지 무차별적으로 살상하고 있지 않습니까? 그리고 이번에 일본에서 탈출한 가내 총리와 하루꼬 장관 일행 백만 명을 그리로 이주시키고 하루꼬 장관이 희토류 처리 기술을 개발한다면 동북 3성은 그 어떤 나라들 보다 부유해 질 것입니다. 리사령관님, 대답이 되었지요."

확신에 찬 미령의 의견에 참석자들은 모두 고개를 끄덕거리고 있었다. 김주석을 제외하고 이렇게까지 동북3성을 다시 찾을 프로젝트가 비밀리에 진행되고 있는 사실은 모르고 있었기 때문이다. 이때, 김주석이 확고하게 결론을 내리고 있었다.

"이번이야말로 발해 패망 이후 우리의 고토를 탈환할 기회요. 많은 어려움이 따르겠지만 이미 중국은 세계적으로 신뢰를 잃고 있소. 우리는 남한과 최우선적으로 협력할 것이요. 모두들 만반의 준비를 해주기를 바라오. 꼭 이번에 과거에 이루지 못한 선조들의 땅인 간도를 되찾읍시다. 그것은 우리 인민들이 바라는 바이며 우리의 고토를 탈환함과 동시에 우리 민족의 자존심도 회복하는 일인 것이요."

비장함과 확고함이 배어나오는 김주석의 결론은 서로에게 말없는 신뢰와 용기를 불어넣어 주고 있었다. 그때, 미령의 마음속에는 이런 생각이 떠오르고 있었다.

'어느 전쟁이든 패배의 가장 큰 원인은 동료에 대한 불신과 내부의 분열 때문이다. 우리는 이 문제들을 극복했다. 우리 민족은 이제 위대한 역사를 다시 쓸 것이다.'

미령은 자신감이 넘치고 있는 참석자들을 보며 이번 전쟁의 승리를 예감하고 있었다. 그러면서 미령의 가슴 한편에는 이번 '북벌'을 계획하며 자신에게 확신을 심어준 현민에 대한 그리움이 물결치고 있었다.

4일 오후 수적으로 너무 많은 북한군의 총 공격에 중국 사단 병력은 서둘러 단둥으로 철수했다. 중국군 가오웨이 사단장은 북부 전구 쟈오징 사령관에게 위급한 상황을 전했다.

"사령관님, 1사단장 가오웨이입니다. 북한군의 기습으로 신의주를 뺏기고 다시 단둥으로 철수했습니다. 저희 병력은 이미 절반이 사망하여 만 명만 남아 있는 최악의 상황입니다. 저들은 5개 군단 오십만 명의 가공할 병력입니다. 어서 지원을 해주십시오. 서둘러 지원이 없으면 저희는 전멸할 수도 있습니다."

그때 격한 고성을 지르고 있는 쟈오징 사령관의 음성이 들려왔다.

"아니, 북한군 병력이 아무리 많아도 그렇지 어떻게 하루 만에 단둥으로 퇴각한단 말인가? 이봐 가오 사단장, 당신 너무 경계를 허술히 한 것 아니야? 지금 우리는 대만을 쓸어버리느라 죽을 힘을 다하고 있는데 너희들은 전시 상황을 잊은 것이 아니냔 말이야?"

순간 당황한 가오 사단장은 변명에 급급하고 있었다.

"아닙니다, 사령관님. 신의주까지 전력으로 공격하느라 지친 병력들을 하루 쉬게 한 것이 전부입니다. 믿어 주십시오."

2~3일 모든 경계를 허술히 하다 패배한 가오는 책임을 면하고자 계속 거짓 보고를 하고 있었다. 하지만 이미 부하를 믿지 않는 쟈오징은 최종 명령을 내리고 있었다.

"무슨 일이 있어도 단둥을 사수해. 지금 당장은 그곳을 지원해 줄 여력이 없어. 지원 병력은 아무리 빨라도 4~5일은 걸려야 도착할 것이오. 그때까지는 목숨을 걸고 지켜야만 해. 알겠나, 가오 사단장!"

"예, 명심하겠습니다. 사령관님."

대답과는 다르게 전의를 모두 잃은 가오웨이 사단장이었다. 그의 마음속에는 서둘러 가족들을 데리고 러시아로 피신해야겠다는 생각뿐이었다. 그로부터 이틀 후인 6일 북한군은 전의를 상실한 단둥의 중국군 남은 병력을 제압하고 포로로 삼았으며, 오천 명이라는 최소한의 손실만 입은 채 동북 3성에 무혈입성하고 있었다. 전쟁의 두려움 속에 집안에 숨어 있던 3성의 인민들은 너무나도 기뻐서 거리에 뛰어나오고 있었다. 그들은 서로를 부둥켜안으며 이번 전쟁이 이 정도의 피해만 보고 끝났음에 안도의 한숨을 내쉬고 있었고, 그 시간 가오웨이 사령관과 가족들은 러시아 국경 수비대의 공격을 받고 모두 죽음을 맞고 있었다.

제4부

흙의 시대 – 사라지는 것들

19
사라지는 이름

2040년 1월 1일 새벽. 목포에서 제주도로 관광을 온 60대 초반의 김준명씨 부부는 새해 첫 날을 맞아 용두암의 일출 사진을 찍기 위하여 칠흑 같은 어둠과 추운 바다 바람을 참아가며 떠오르는 태양을 기다리고 있었다. 작년에 이곳에서 찍은 일몰사진으로 목포시에서 개최하는 사진전에 입상했던 준명씨는 이번에는 용두암 일출사진으로 꼭 대상을 받겠다는 각오를 다지며 새벽부터 일찍 일어나 숙소에서 이동하여 바닷가에 도착하였던 것이었다. 그는 일출을 기다리며 작년에 용두암 동쪽에서 일몰을 찍었을 때의 기억이 떠오르고 있었다. 회사 동료들과 출장을 와서 저녁을 먹으러 바닷가에 왔다가 자신은 일몰 전의 황홀함에 빠져버리고 말았다. 태양이 수평선으로 서서히 내려가는 동안 하늘은 선홍빛으로 물들기 시작했고, 그 가운데 구름들은 주홍색으로 수평선 위로 넓고도 길게 퍼져 있었다. 다행히 일몰 그 순간의 장관을 휴대폰에 담았던 준명씨는 일몰 후의 여운이 주는 감동을 느낄 수 있었다. 그것은 바로 해가 바다 밑으로 내려가자 붉은 하늘과 검푸른 바다의 경계가 짙어가는 어둠으로 사라지고 있는 장면이었다. 이제 시간이 아침 6시가 넘자 서서히 바다 저 멀리 태양이 떠오르고 있었다. 수평선에서 보이는 바다에 붉은 빛이 장렬하게 물들고 있었고, 붉은 빛 언저리에는 주황과 노랑의 혼합된 빛이 강렬하게 번지고 있었다. 준명씨는 오늘 어떻게 해서든 용이 입에 여의주를 물고 승천하는 것과 같은 일출 사진을 찍고자 이 순간을 기다리고 있었다. 이것은 태양이 조금 떠올라 용두암의 북쪽을 향한 입의 모습에 걸리는 순간을 포착하기 위해 수없이 휴대폰을 누르려 준비하고 있었다. 하지만 준명씨는 오늘따라 무언가 이상하다는 느낌을 받고 있었다. 그것은 바로 날이 밝아 옴에 따라 모습이 드러나야 할 용두암의 모습이 보이지 않고 있다는 것이었다. 너무 놀란 준명씨는 옆에서 사진 촬영이 끝나기만을 기다리며 떨고 있는 부인에게 어깨를 흔들면서 물었다.

"아니, 여보. 여기서 보여야 할 용두암이 왜 안 보이지?"

부인도 준명의 말을 듣고는 깜짝 놀라고 있었다.

"그러게, 여보. 바닷물이 너무 차오르는 것 같아. 이러다 우리도 위험하겠어. 여보, 어서 피합시다."

두 사람과 함께 새해 첫날 이곳을 찾은 관광객들은 차오르는 바닷물에 놀라 혼비백산하며 차를 세워둔 오름 중턱의 주차장으로 줄행랑을 치고 있었다. 그날 저녁, 이연식 기상청장은 해수면 상승으로 제주도는 한 달 안에 물에 잠길 것이라는 긴급 담화를 발표하고 있었으며, 이어서 조민철 긴급재해본부장이 제주도민 수송 특별대책을 내놓고 있었다.

다음날인 2일 아침, 일본 혼슈 중부인 니가타현의 동해에 인접해 있는 사도섬과 아와시마 섬에는 가내총리를 따라 남한의 목포로 탈출하려는 백만의 국민들이 남한의 군용기와 수송선을 애타게 기다리고 있었다. 이들에게는 어제 남한에서 발사한 핵미사일로 큐슈 전체가 괴멸했으며, 일본 지휘부가 독도로 퇴각한다는 소문이 나돌면서 자신들의 안위에 대해 극도로 불안해하고 있었다. 가내 총리와 하루꼬 역시 간절히 신대통령과 정수석의 연락을 기다리고 있던 중이었다. 초조한 표정의 가내총리는 하루꼬에게 묻고 있었다.

"하루꼬, 정수석에게 더 이상 연락이 없니?"

"예, 아빠. 어제 저녁에 오늘 일찍 군용기와 수송선을 보낸다고 했어요. 아직 도착을 안 하는 것을 보니 무슨 예상치 못한 일이 발생한 건지도 모르겠어요. 지금 대다수 국민들이 어제 들려오는 소식으로 불안에 떨고 있는데. 아, 군용기와 수송선이어서 와주기만을 바랄 뿐이에요."

그러자 가내 총리도 회한에 잠긴 듯 저 멀리 허공을 바라보며 허탈하게 말했다.

"하루꼬, 결국 저들이 우리 국민들을 전쟁의 소용돌이로 몰아넣었고, 모두를 패망시키고 있구나. 무슨 낯으로 선열들을 뵐 수 있단 말인가.........."

이때, 하루꼬는 총리의 손을 꼭 잡으며 말을 잇고 있었다.

"아빠, 너무 자책하지 마세요. 우리는 전쟁을 막기 위해 최선을 다했잖아요. 저들은 너무나 일방적으로 전쟁을 강행했구요. 전체 국민들에게 솔직하게 알리지 못한 것이 내내 마음에 걸리지만요. 이제 우리를 따르는 이 사람들만이라도 꼭 구해야 해요. 아빠, 그동안 너무 힘드셨겠지만 힘을 내셔야 해요. 아시겠죠?"

"그래 알았다, 하루꼬. 우리 어떤 난관이 있어도 이 사람들과 남한으로 가자꾸나."

두 사람은 서로의 손을 맞잡고 동해 쪽을 하염없이 바라보고 있었다. 그때였다. 앞 선 사람들 가운데 함성이 들려오고 있었다.

"와, 드디어 보인다. 남한의 수송선이 우리를 구하려고 오고 있다. 이제 살았다."

그 함성들 속으로 바다에는 수 백 척의 수송선이 웅장한 함대의 모습을 보이고 있었고, 수 백 대의 군용기가 하늘을 가르며 도착하고 있었다. 오전 내내 수송 준비를 하고 최후의 점검을 마친 가내 총리와 하루꼬가 마지막으로 군용기에 탑승하기 위해 탑승구 계단을 오르고 있었다. 그때, 이들을 향하여 수십 발의 총성이 울려 퍼지기 시작했다. 이 총성들은 뒤늦게 도착한 2명의 암살조가 발사하는 기관단총 공격 소리였다. 이들은 작년 12월 30일 혼조 부총리의 특별 지시로 사토 육군대장이 특전대에서 차출한 저격수들이었다. 계획대로라면 이들은 어제부터 7명이 암살 준비를 해야 했으나 전격적인 남한의 핵미사일 공격으로 큐슈의 본대가 전멸함에 따라 간신히 살아남은 2명만이 오늘 이곳에 도착하여 암살 임무를 수행하였던 것이다. 갑작스런 암살 공격을 받자 가내 총리는 자신의 몸으로 넘어진 하루꼬를 보호하고자 했으며, 이 암살조들은 곧바로 이어진 남한군의 대응 사격으로 모두 사살되었다. 곧이어 아버지가 자신을 보호하려다 총격을 받고 사망을 하였다는 사실을 알게 된 하루꼬는 가내 총리의 시신을 끌어안고 대성통곡을 하기 시작했다.

"아빠, 어서 눈을 뜨세요, 우리 같이 남한으로 가기로 했잖아요. 이렇게 저만 혼자 남겨 두고 가시면 어떡해요? 아빠, 어서 일어나 보세요, 아빠, 아빠, 아빠, 흑흑흑......."

하루꼬의 피맺힌 절규를 옆에서 지켜보는 사람들의 눈에서도 통한의 눈물이 끊임없이 흐르고 있었다. 그로부터 5일이 지난 7일 오후.

동북 3성 초토화 작전 5일 동안, 자택에서 보안 요원들에 의하여 연금 상태에 있었던 위샤오통은 너무도 충격적인 소식들을 접하고 있었다. 남부 3성의 토벌 전쟁으로 이천만 명이 사살되고, 일본이 남한에게 패배하고 가내 총리가 암살되었으며, 또한 북한에게 동북 3성을 빼앗겼고 인도와의 전쟁이 확산되고 있다는 것이었다. 새해 들어 동아시아에 발발한 크나 큰 전쟁들로 인하여 너무나 많은 무고한 목숨들이 희생당하고 있음에 그는 자신의 방에서 회한의 눈물을 흘리고 있었다. 그러나 위샤오통은 무엇보다도 자신이 링링을 지켜 주지 못했음에 너무도 자신을 자책하고 괴로워했다. 펀지우의 독성에 빠져서 모든 의욕을 잃고 천정만 바라보던 그는 지난 12월 23일 링링과 최후로 통화를 하던 순간들이 허탈하게 떠오르고 있었다.

"링링, 나야. 오늘 극비 회의에서 왕후닝 주석과 총리, 각 군 참모장들이 다음 달 10일 대만을 침공하기로 결정했어. 내가 내년 중에 시간을 갖고 합병을 하자는 중재안을 냈지만 바로 묵살됐어. 작년 9월 남중국해 점령과 말라카 해협 봉쇄로 군사적 자신감과 경제적 이익을 얻은 현 왕주석 집행부는 브레이크 없는 자동차처럼 질주하고 있어. 왕주석님의 주변에 나 말고는 그 어떤 고언을 하는 참모도 없어. 낭떠러지가 눈앞에 있는데도 오로지 눈을 감고 달리는 사람처럼 중국의 앞날이 두렵고 걱정돼. 그리고 또한 해수면 상승으로 대만의 존립이 불안한데 어떻게 해서든 본토로 투항을 해서 나라의 운명과 국민들의 목숨을 유지해야 되지 않겠어? 링링."

깊은 고뇌가 느껴지는 위샤오통의 제안에 링링은 한참 동안 말이 없었다.

"위샤오통, 어려운 소식 알려 주어 너무도 고마워. 나도 당신이 얼마나 나를 사랑하는지 알고 있어. 우리가 아마도 평범한 시민으로 만났다면 나는 당신의 뜻을 따랐을 거야. 하지만 얄궂은 운명인지 당신과 나는 민족의 미래를 좌우하는 차세대 지도자로 만나게 됐어. 우리 대만으로서는 추호도 항복하는 일은 없을 거야. 지금의 대만 지도부는 우리가 비록 소국이고 나라가 물에 잠긴다 해도 당당히 협상을 통해 민족의 살길을 찾을 거야. 그러니 위샤오통, 지금이라도 왕주석이 마음을 돌리도록 조언을 해주었으면 해. 그것이 지금 중국의 지도부가 중국의 역사에 오점으로 남지 않는 유일한 길이야. 모두가 불나방처럼 불을 향해 어리석게 날아들 때, 누군가는 목숨을 걸고 그 불을 꺼야 할 테니까. 내가 당신에게 간절히 부탁할게."

링링의 유언과도 같은 말에 깊은 수심에 빠진 위샤오통이 힘겹게 대답했다.

"링링의 고언, 깊이 생각해서 왕주석님께 전달해 볼게. 이미 늦지 않았나 후회스럽기도 해. 하지만 링링, 만약 전쟁이 나면 본토로 피신해서 어떻게 해서든 살아야 해. 내가 무슨 수를 써서라도 당신의 목숨을 지킬 테니까. 그러겠다고 약속해 줘"

그러나 링링은 쏟아지는 눈물을 참으며 대답이 없었다. 이것이 위샤오통과 그녀의 마지막 통화였다. 2040년 1월, 제주도와 가내 총리, 왕링링의 이름은 모든 사람들의 기억에서 속절없이 사라지고 있었다.

20
분노하는 민심

2040년 1월 7일 오전 10시, 중국 국방장관 브리핑실에는 중국의 관영 매체들과 국영 방송들은 왕 다위 국방장관의 기자회견을 보도하기 위해 20여 명만이 극도의 보안과 통제 하에 자리하고 있었다. 재작년 10월, 국경 없는 기자회가 매년 발표하는 '세계 언론 자유 지수(press freedom index)'에서 중국 순위는 참여국 200개국 중 190위였다. 그런 언론 자유 후진국이라는 오명을 씻기 위해 중국 중앙 정부는 자율적이고 다양화된 언론 정책을 추진하여 작년 한 해 동안 대국민 기자 회견장에는 100~150 명의 내.외신 기자들과 방송 기자들이 참석하곤 했었다. 하지만 오늘 기자 회견장에는 당 기관지인 인민일보, 환구시보, 참고소식에서 3명의 기자만이, 국영방송인 중국중앙텔레비젼인 CCTV에서 10명의 필수 인력만이 참석할 수 있었다. 최근 중앙정부에 비판적인 광저우일보나 광명일보, 그리고 텐센트나 아이치이,요오쿠 같은 영향력 있는 뉴미디어 매체들의 기자들은 전혀 얼굴을 찾아 볼 수 없었다. 먼저 30분 일찍 도착해 있던 인민일보 기자인 쟝지엔핑과 환구시보 기자인 리웨이동은 서로를 알아보며 인사를 나직이 나누었다.

"어이, 리기자. 잘 지냈지."

"응, 쟝기자. 나야 별 일 없지."

두 사람은 인민일보 입사 동기로서 5년차 경력의 기자들이었다. 먼저 리웨이동이 주위를 둘러보며 쟝지엔핑의 손을 끌고 비상구 계단으로 나왔다.

"이봐, 쟝기자. 지금 인민일보 분위기는 어때? 남부 3성 사망자 숫자를 얼마나 보고 있어?"

근심스러운 얼굴로 쟝지엔핑이 대답했다.

"그게, 위에서 극도로 쉬쉬하고 있어. 들리는 말로는 이천만 명이 넘을 수도 있다고 하던데. 이봐, 리기자. 어떻게 지금 민주화 시대에 이런 일이 벌어질 수 있지?"

"자네 신문사에도 그런 말이 떠도나? 그런데 당최 확인할 길이 없으니 말이야. 어떤 정부 인사도 제대로 답변을 못 하고 있으니 답답한 일이야. 아, 그렇고 위샤오통 국무위원이 구금 상태에 있다는 것은 알고 있었나?"

그러자 쟝지엔핑이 바짝 긴장하며 리웨이동에게 말했다.

"응, 비공식적으로 듣고 있었어. 아마도 남부 3성 초토화에 반대해서 그런 상태가 되었다고 하던데. 그리고 말이야, 오늘 이곳의 분위기를 보니 중앙 정부가 3성 사망자 숫자를 왜곡하려는 것 같지 않아? 보도 인원을 극도로 최소화하는 것을 보면 말이야."

듣고 있던 리웨이동도 고개를 끄덕거리며 쟝지엔핑에게 귓속말을 하고 있었다.

"우리 절대로 몸조심 하자고. 그리고 이번 대학살로 위샤오통 국무위원과 연인인 대만의 왕링링 위원의 사망 소식도 들리던데, 그게 사실이라면 위 국무위원은 정말 너무도 괴로운 상황에 처해 있겠어."

그때, 쟝지엔핑이 리웨이동의 손을 잡으며 심각하게 말을 건네고 있었다.

"응, 비통함을 참고 있겠지. 연인도 잃고 구금도 당하고 있으니 말이야. 지금 중앙정부가 너무 앞만 보고 달리고 있다는 생각이 들어. 위 국무위원 외에는 그 누구도 반대를 못한다고들 입을 모아 얘기하고 있잖아. 조만간 엄청난 일이 터질 것 같은 불길한 예감이 들어. 자, 이제 들어가세. 당분간 말을 조심하자고."

20 명의 보도진들은 서로들 긴장하며 조심하는 가운데 10시가 되자 왕 다위 국방장관이 직접 회견장에 나와서 대변인 대신 긴급 기자회견을 시작했다. 상당히 경직된 표정의 왕장관이 입을 열었다.

"여러분, 국방장관입니다. 오늘은 왕주석님의 특별 지시로 제가 직접 회견을 하게 되었습니다. 이번에 대만의 기습 공격을 받아 빼앗겼던 남부의 해남성, 운남성, 그리고 귀주성을 1월 1일부터 대반격을 실시하여 5일까지 적들을 완전 제압하여 우리 공화국의 영토로 되찾았습니다. 다만 이들을 제압하는 과정에서 격렬히 저항하는 대만군 병력을 완전히 섬멸했으며 대만에 동조하는 일부 인민들이 희생을 당했습니다. 이번에 발생한 전쟁으로 사망자와 부상자는 삼백만 명이 안 되는 인원으로 집계되고 있습니다. 저들 대만은 자신들의 영토가 해수면 상승으로 잠긴다는 이유로 우리들에게 어떠한 사전 조치 없이 인도와의 전쟁으로 허술해진 남부 3성을 기습 점령했으며 우리는 북부 전구의 병력까지 동원하여 제압하느라 북한에게 동북 3성을 빼앗긴 상태입니다. 이제 비상한 전시 상황을 감안하여 공화국 전 지역에 왕주석님의 긴급 담화 조치를 발표하겠습니다.

1. 인도와 북한과의 전쟁이 종료시까지 모든 집회와 시위를 금지

한다.

2. 모든 위법한 정치와 언론 활동을 금지한다.

3. 1과 2항을 어길 시에는 즉각 구금과 즉결 처분한다.

위 내용들은 비상 상황을 맞아 취할 수밖에 없는 일시적이고도 불가피한 조치임을 국민들에게 알리고 빠른 시일 내로 모든 전쟁을 승리할 수 있도록 언론인들이 강력하게 협조해 주리라 믿습니다. 이에 따르지 않는 방송과 언론사들에게는 엄청난 불이익이 돌아갈 것입니다. 부디 명심하십시오. 이제 기자회견을 마칩니다."

마치 반 협박의 회견을 마치는 국방장관에게 기자들이 저마다 손을 들고 질문을 하고자 했으나 그는 뒤도 돌아보지 않고 회견장을 떠나 버렸다. 다만 동행했던 대변인만이 오늘 긴급 회견에 대한 질문은 안 받겠다고 답변한 뒤 그 역시 퇴장했다.

순간 기자회견장은 분노와 울분의 아수라장이 되고 말았다. 정부의 일방적인 발표와 통보를 전해야 하는 방송국과 신문사 기자들은 수습하기 어려운 혼란을 맞고 있었다. 기자들은 회견장에 최소 인원만 입장시켰을 때 어느 정도는 예상했지만 남부 3성 사망자와 부상자 숫자는 10분의 1로 줄여서 발표한데다 이로 인해 극단의 비상조치를 시행한다니 어느 인민들이 이 숫자를 믿을 것이며, 이 조치들을 따르겠느냐 하는 정부에 대한 근본적인 신뢰의 문제가 발생함에 두려움을 느끼고 있었다. 이때, 쟝지옌핑은 왕주석이 3연임에 성공하면서 모든 정책을 힘과 패권으로 밀어붙이고 있음을 절실하게 느끼고 있었다. 그는 회견장을 나오며 마음속으로 이런 생각이 떠오르고 있었다.

'국민들의 자발적인 동의와 참여가 없는 힘과 패권의 통치는 일시적으로는 성공한다. 하지만 이 정책들은 크나 큰 민심의 역풍을 맞아 결국은 사라지게 된다. 왜냐하면 역사는 이치를 거스르는 힘과 권력의 역류가 아닌 정의와 민심을 지키는 순리를 항상 따라 흐르기 때문이다. 이 진리의 흐름을 거슬러서 결국은 패망한 역대 왕조들이 얼마나 많았던가? 그 어리석은 역류의 길을 지금 공산당 지도부는 똑같이 따라가고 있단 말인가?'

그는 서둘러 신문사에 기사를 송고하고 있었다. 장관의 발표와는 달리 사망자와 부상자의 숫자는 삼천만이 넘고 있었고 비상조치 내용들의 부당함을 알리고 있었다. 그리고 그는 현재 중국 내에서 가장 영향력이 있는 온라인 인플루언서인 마하이옌에게 같은 내용을 전하고 있었다.

이날 오후 TV를 시청한 국민들은 일단 정부의 발표를 받아들이고 있었다. 인도와의 전쟁과 대만에게 빼앗겼던 본토를 되찾았고, 다시 동북 3성을 찾아야 한다는 정부의 논리는 국민들에게 일시적으로 먹히는 듯했다. 또한 비상조치의 긴급함과 두려움은 정부에 대한 저항의지를 잠재우는데 특효약이 되는 듯 보였다. 하지만 이런 약발은 오래 가지 않았다. 다음날 인민일보를 비롯한 모든 일간지들이 정부의 발표와는 다른 엄청난 사망자 숫자를 발표하고 있었고, 인터넷에는 정부의 숨겨진 의도와 대만의 리쯔웨이 교수가 사망하면서 남긴 유서 내용이 밝혀지면서 중국 본토는 들끓기 시작했다. 중국 국민들은 대만이 본토로 오려 했던 이유가 다름 아닌 열도의 침몰이었으며, 그들을 받아 주려 했던 남부 3성의 민간인들까지 중앙 정부가 모두 학살했음에 치를 떨고 있었다. 또한 이 사실을 숨기고 자신들의 정권 연장에만 꼼수를 부리고 모든 국민들을 비상조치를 통하여 억누르려 했음을 알고는 그들은 하던 일들을 놓고 민심의 거리에 나오기 시작했다. 여기에 죽으면서까지 대만의 극비 반도체 기술을 남은 3성의 국민들을 위해 해남성의 한 기업에 남겼다는 리쯔웨이 교수의 숭고한 정신이 마하이옌으로부터 전해지면서 중국 본토는 분노하는 민심의 용광로에서 분출하는 화염으로 전쟁보다 더 큰 불길에 휩싸이고 있었다.

시민들이 거리로 쏟아져 나오고 있었다. 처음에는 대학을 중심으로 시작된 시위에 학생들은 검은 리본을 달고 검은 마스크를 쓰고 있었다. 모두들 영문도 모르고 죽어간 남부 3성의 국민들과 살기 위해 본토로 왔다가 죽음을 맞이한 대만인들에 대한 추모의 마음을 담고 있었다. 그들은 공안과 경찰들을 두려워하지 않았다. 하루하루 시위대가 급격하게 늘어나고 있었다. 이제는 일반 시민들과 어린 학생들도 검은 리본과 마스크를 쓰고 있었다. 천안문 사태 이후 50년 만에 이백만 명의 시위 행렬이 천안문 광장에 모이고 있었다. 비장하고도 장엄한 행렬은 베이징의 주석 관저로 향하고 있었다. 이틀 동안 공안과 경찰 병력이 강제 진압에 나섰으나 시위대는 물러서지 않았다. 결국 시위대를 해산시키지 못하자 10일 저녁, 드디어 군병력이 투입됐다. 동북 3성 탈환의 작전을 수행할 북부 전구 병력이 천안문 광장을 포위하기 시작했고, 선두의 시위 행렬을 향해 장갑차들이 돌진하고 시작했다. 엄청난 소총 공격소리가 마치 1일 새벽, 이곳에서 터졌던 폭죽 소리를 연상시키고 있었다.

21
무릎 꿇는 대륙

다음날인 11일 오전 천안문 광장. 밤새 자행됐던 유혈 진압은 실로 엄청난 참상을 보여주고 있었다. 총격으로 쓰러진 사람들 위로 장갑차로 짓이겨져 형체들을 알아볼 수없는 시체들이 포개지고 있었으며, 그들을 매장하기 위해 베이징 외곽으로 수송하려는 군용 트럭들의 행렬이 끊임없이 이어지고 있었다. 하지만 오후가 되자 전날의 숫자보다 늘어난 시위행렬이 다시 광장을 메우고 있었다. 이렇게 목숨을 건 대치는 일주일이 지나도 계속되고 있었다. 한편, 인도와의 국경에서 중국이 벌인 전쟁은 새로운 국면을 맞고 있었다. 수적으로 우세하던 중국군은 초반에 네팔과 부탄의 통로인 인도 최북단 아루나 찰프라데시 주의 타왕 지역을 선점했다. 이어서 그들은 인도 동북부 지역을 점령하는데 성공했다.

그러나 그동안 오랫동안 중국과의 전쟁을 준비한 인도는 새로운 무인기와 무인 드론 기술로 무장하고 있었다. 이미 인도는 군병력 면에서도 중국에 뒤지지 않고 있었다. 오랜 거리를 이동한 서부 전구 병력들의 사기가 떨어지고 남부 3성의 초토화 작전으로 인도 국경으로의 배급로가 멀어지고 있었다. 또한 인도는 이번에야 말로 그동안 중국에게 당했던 전쟁의 패배를 만회하고자 군인들의 급여를 대폭 상승시켜 주어 인도군의 사기는 그 어느 때보다 충천해 있었다. 전쟁 발발 일주일이 지나자 서서히 전쟁의 양상은 인도로 기울고 있었다. 다시 국경으로 내몰린 중국군의 동부 전구 리화챵 사령관은 인도에게 휴전을 제의하고 있었다. 그러나 기세가 오른 인도군은 티벳의 자치구인 서장 자치구를 일부 점령하고 있었다.

1월 11일 저녁, 중국 최고위 지도부는 왕후닝 주석 공관에서 심각한 논의를 계속하고 있었다. 6일전만 해도 인도 국경 점령과 남부 3성 소탕으로 지휘부는 서로에게 덕담과 격려를 아끼지 않았었다. 다만 위샤오통 위원의 남부 3성 작전의 반대만이 유일한 흠이었다. 하지만 오늘의 회의 분위기는 무겁기만 했다. 이곳에는 왕주석과 리우첸 총리, 왕다위 국방장관, 원하오 연합 참모장이 자리하고 있었으며 가택 연금 중인 위샤오통의 모습은 보이지 않고 있었다. 위샤오통 대신 리지옌핑 공안부장이 참석하고 있었다. 먼저 왕주석이 어렵게 입을 열었다.

"요즘 많은 문제들을 처리하느라 수고가 많소이다. 지금 우리가 대내외적으로 어려움이 많이 발생했소. 먼저 내부적으로 이번 시위 사태에 어떻게 대응하는 것이 좋겠소?"

평소에는 입에서 어려움이라는 단어가 좀처럼 나오지 않는 왕주석이었다. 그러나 그도 지금의 상황이 너무도 시급한지라 회의 시작부터 어려움을 인정하고 있었다. 분위기의 심각함을 파악한 리우 첸 총리가 완곡하게 대답했다.

"주석님, 지금 일주일 동안의 시위대 진압으로 많은 사상자가 발생하고 있어서 국민들의 반발 분위기가 심상치 않습니다. 이미 국민들에게 더 이상의 시위는 불가하다고 무력 진압의 의지를 충분히 보인

만큼 이제는 대화로 시위대를 해산시키는 것은 어떻겠습니까?"

그러자 왕다위 국방장관이 탁상을 치며 흥분하고 있었다.

"아니, 리우 총리께서는 저들이 대화로 해산할 것 같아요? 우리가 여기서 약한 모습을 보이면 시위대는 그 날로 주석님 관저까지 밀고 들어올 거예요. 앞으로도 강경 대응하여 남부 3성처럼 뿌리를 뽑아야 합니다."

여기에 리지옌핑 공안부장도 같은 의견을 내고 있었다.

"저도 여기서 멈추면 안 된다고 생각합니다. 이미 많은 군인들이 희생됐습니다. 확실하게 제압할 때는 힘으로 완전히 눌러야 합니다."

하지만 리우 총리도 물러서지 않고 있었다.

"여보시오, 리지옌핑 공안부장. 시위대도 같은 우리 국민들이오. 지금 더 이상 무력 진압은 더 큰 희생만을 불러올 것이요. 왕주석님. 이제 비상조치도 해제해야 국민들의 반발을 무마할 수 있습니다. 재고해 주십시오."

듣고만 있던 왕주석이 큰 목소리로 명령했다.

"왕 다위 국방장관, 아직 시위대들의 기세가 꺽이지 않고 있으니 이틀 안으로 무력 진압하시오. 이제 북부 전구 병력은 동북 3성을 다시 탈환하기 위해 이동해야 하니 전력을 다해 진압하도록 하시오. 그리고 인도와의 전쟁은 어떻게 되고 있소 원 참모장?"

순간 고개를 숙이는 원하오 참모장의 자신 없는 목소리가 들려왔다.

"예, 주석님. 서부 쪽의 보급로가 원활하지 않아 국경과 서장 일부를 빼앗기고 말았습니다."

그러자 왕주석의 입에서는 곤혹스런 신음이 배어나오고 있었다.

"으음, 그렇다면 지금 인도가 이 정도 전쟁으로는 물러날 의사가 없는 것이야. 과거 같으면 국경 일부를 내주고 휴전 의사를 밝혔는데. 지금 내부의 시위와 반동으로 인민해방군을 시위 진압에 투입하고 있어서 인도와의 전쟁에 최선을 다할 수 없으니 이 얼마나 한심한 일이 아니오? 리지옌핑 부장, 지금 중국 내부에서 반대 시위하다 연행한 국민들은 얼마나 되며, 어떻게 처리하고 있소?"

긴장한 리지옌핑 부장은 손에 힘을 주며 대답했다.

"예, 왕주석님. 지금 전국의 시위대는 약 2억 명으로 추산하고 있으며, 5천만 명을 연행하여 구금하고 있습니다. 그들에게는 다시는 시위에 합류하지 않겠다는 각서를 받고 풀어줄 계획입니다."

그러자 왕주석은 답답한 듯 고성을 지르고 있었다.

"아니, 시위대를 그렇게 미온적으로 처리하니 시위대의 숫자가 늘어나는 것 아니야? 비상사태가 발령됐으니 모두 즉결처분하시오."

모두들 말이 없었다. 지금 상황에서 그 많은 시위 연행자들을 처형했다가는 그야말로 걷잡을 수 없는 내란으로 발전할 수도 있기 때문이었다. 리우 첸 총리는 이것 만큼은 막아야 한다고 마음먹었다.

"존경하는 왕주석님, 지금 저희가 사면초가의 어려운 상황에 처해 있는 것은 맞습니다만 이는 대만의 본토 침공을 진압하느라 인도와 북한, 그리고 내부의 시위대에 적절하게 대응을 못한 면이 있습니다. 따라서 우선 서장과 신장 지역의 방어에 전념해야 합니다. 그래서 이쪽을 먼저 안정시키고 내부의 시위대들에게는 인도와의 전쟁과 북한의 동북 3성 침탈에 대해 사실적으로 알려서 그들의 시위를 자제시키는 양동작전만이 지금의 상황을 더 이상의 피해 없이 수습할 수 있을 것입니다. 저렇게 들끓고 있는 시위대들을 자극하는 무력 진압과 처형은 더 이상 효과를 보기 어렵습니다. 지금은 50년 전에 탱크로 천안문 사태를 진압했던 그때와는 너무도 다른 상황입니다. 이제는 내부적으로 수습을 해야지 여기서 사태가 커지면 그때는 어떤 대책도 무용지물이 될 것입니다."

내부의 분위기는 무겁게 가라앉고 있었다. 왕주석은 담배를 하나 꺼내 물었다. 그의 심정은 이러했다. '나는 지금까지 이렇게 어려운 상황을 맞은 적이 없었고, 오로지 세계 유일의 초강대국만을 바라보고 달려왔기에 힘으로 이 사태의 해결만을 바랐다. 그리고 나의 꿈은 현실이 되어가고 있었다. 조그만 더 가면 조국의 위세에 모두들 고개를 조아리게 될 텐데 여기서 그 꿈을 접을 수는 없다. 우리는 이 정도로 굴복하는 중화민국이 아닌 것이다."

연이어 내뿜는 담배 연기가 허공에서 자취를 감추고 있을 즈음, 왕주석은 끝내 돌이킬 수 없는 결정을 내리고 있었다.

"지금 우리는 여기서 우리의 원대한 꿈과 희망을 접을 수는 없소. 위대한 중국 건설에 반대하는 국민들은 더 이상 우리의 동포가 아니라 적인 것이요. 국방장관은 아까 지시한 대로 시위대를 진압하시오. 어떠한 살상을 해도 좋소. 그리고 공안부장은 각서 따위는 필요 없소. 연행하는 즉시로 현장에서 처형하시오. 모두들 잘 들으시오. 3일 후에는 인도와 북한에 빼앗긴 영토를 회복하지 못하면 다시는 이 자리에 오지 못할 것이요. 명심들 하시오. 이만 회의를 끝냅시다."

왕주석이 끝내 조국을 어리석은 패망의 길로 끌고 가고 있음에 리우 첸 총리는 허탈함과 극도의 불안감을 느끼고 있었다. 그는 집으로 돌아와 극도의 보안을 유지하며 위샤오통에게 연락을 취하고 있었다. 다음날인 12일부터 더욱 강경해진 시위대 진압과 연행자 처형이 이루어지고 있었으나 한번 끓어오른 민심의 용광로는 더욱 더 뜨거운 화염을 분출하고 있었다. 끝도 없이 쌓이는 시신들이 거대한 산을 이루고 있었고, 치료도 받을 수 없는 부상자들의 신음 소리가 중국 전역을 뒤덮고 있었다. 하지만 시위대는 물러서지 않았으며 그들의 숫자는 이백만 명에 이르고 있었다. 12일 오후, 이들을 막던 군인들이 서서히 물러나고 있을 즈음 시위대들 눈앞에 믿을 수 없는 광경이 펼쳐지고 있었다. 그들의 눈에는 군인들이 소총과 무기들을 내려놓고 있었고, 탱크에서 윗 문을 열고 두 손을 들고 항복하는 병사들의 모습들이 들어오고 있었던 것이다. 이들은 더 이상 국민들을 살상하는 군인이 아닌 너무도 오랜 살육의 전쟁에 지치고 고달픈 조국의 젊은이였던 것이다. 12일 저녁, 파죽지세의 시위대는 결국 주석 공관을 에워싸고 있었다. 믿었던 군대마저 돌아서자 버티던 왕주석은 13일 새벽, 삼백만 명의 시위대들 앞에서 퇴진을 발표하며 끝내 무릎을 꿇고 있었다.

22
위대한 포기

모든 언론에서 왕후닝 주석의 퇴진을 보도하고 있었다. 10년을 넘게 중국을 이끌어 온 왕주석의 전격적인 퇴진은 중국 내부에 엄청난 후폭풍을 일으키고 있었다. 당장 지금의 이 사태를 수습할 차기 주석과 지도부를 선출해야만 했다. 이미 인도는 서장과 신장 지역의 절반 이상을 차지했으며, 북한은 일본에서 탈출한 하루꼬 장관과 백만 명을 동북 3성에 이주시키고 있는 실정이었다. 국내의 언론들은 이번 남부 3성 학살에 대한 반대 시위로 군인과 민간인 사망자와 부상자가 천만에 이르고 있다는 보도를 하고 있었다. 중국의 미래는 그야말로 한 치 앞을 알 수 없는 안개 속을 헤매는 장님과 같은 신세였다. 외신들은 앞 다투어 힘과 패권을 내세운 중국의 시대는 몰락했다며 이제 중국은 유일한 최강대국이 아닌 중진국의 밑바닥으로 추락할 것이라 섣부른 전망을 내놓고 있었다. 한편으로 전쟁에서 살아남은 남부 3성의 국민들은 중앙 정부에 치를 떨고 있었다. 모든 기반 시설들이 초토화 되어 정상을 회복하려면 얼마나 긴 세월이 걸릴지 아무도 모르는 일이었다. 베이징 곳곳에서는 이번 유혈 사태의 책임자인 왕후닝 주석과 왕 다위 국방장관, 원하오 참모장, 리지옌핑 공안부장의 암살하려는 움직임이 심상치 않게 일어나고 있었다. 이때, 왕주석과 가족들은 일부 강경파 군인들의 도움을 받아 자신의 고향인 내몽고 자치구의 후허트시 외곽의 친척의 소유인 작은 민가로 몸을 피하고 있었다.

한편 15일 저녁, 베이징의 알려지지 않은 안가에서는 10여 명의 중요 인사들이 모여 있었다. 이들은 현재 중국의 비상사태를 해결하고자 리우 첸 총리가 소집한 정치와 정부의 고위 인사들이었다. 이 가운데에는 가택 연금이 풀린 위샤오통의 모습이 보이고 있었다. 먼저 리우 첸 총리가 긴장된 모습으로 회의를 시작했다.

"여러분, 오늘 이 자리는 현재 우리가 당면하고 있는 대내외적으로 심각한 비상시국을 타개하고자 정치인, 정부 관료, 경제인들과 정치 원로 등 10분을 긴급히 모셨습니다. 여러분들도 충분히 아시다시피 우리 중국은 풍전등화와 같은 상황에 처했습니다. 그동안 힘과 패권으로 벌여온 영토 확장과 자원 수탈의 행위들이 이제 심각한 역풍의 부메랑을 맞게 되었습니다. 지금 전 세계는 힘과 위세에 눌려서 참고 있던 불만들을 쏟아 내고 있습니다. 당장 인도와 북한이 정면 도전하고 있고, 내부적으로 학살당한 남부 3성의 국민들과 시위를 하다 희생당한 국민들을 어떻게 보상을 해 줄 것인가 하는 절박한 상황에 처해 있습니다. 국민들의 모든 관심이 우리들에게 모여 있고, 우리들의 입을 주시하고 있습니다. 부디 이 상황을 타개할 방안을 제시해 주십시오."

리우 총리의 길고 긴 설명이 끝났으나 참석자들은 고개만 끄덕거리고 있을 뿐 아무도 입을 떼지 않고 있었다. 5분이 흐른 후 왕팡 국무위원이 입을 열었다.

"총리의 설명을 잘 들었소. 여기에 모이신 분들도 모두 총리의 설명에 동의할 것이요. 그래도 이번 유혈 진압에서 리우 총리가 반대한 것은 용기 있는 행동이었소. 다만 진즉에 왕주석의 극단적인 패권주의를 막지 못한 책임은 우리 모두에게 있어요. 하지만 지금 지금은 무엇보다 사태 수습이 중요한 사항이니 나의 의견을 제시해 보겠소. 일단은 인도와의 전쟁에서 승리를 해야 다른 나라들이 우리에게 도전을 안 할 것이요. 따라서 모든 군 병력을 서부로 집결시킵시다. 이번 전쟁은 절대로 져서는 안 되는 것이요."

그러자 듣고 있던 장센화 외교부 장관이 입을 열었다.

"이제 전쟁은 그만 두어야 합니다. 지금까지 남부 3성 학살과 인도와의 전쟁, 시위대 진압으로 우리 군의 사기는 땅에 떨어져 있소이다. 이런 상태로 전쟁을 계속한다면 백전백패입니다. 우리가 전쟁을 먼저 벌인 원인을 인정하고 그들이 원하는 것들을 수용해서 전쟁을 끝내야 합니다. 지금은 우리의 모든 국력을 전쟁에 쏟아 부을 때가 아니라 민심을 보듬고 남부 3성을 재건해야 할 시기입니다."

여기에 스쉐메이 교육부 장관도 동조하고 있었다.

"나도 장센화 장관의 의견에 동감이오. 더 이상 전쟁은 우리에게 파멸을 가져 올 뿐이요. 현재 우리는 우리의 아이들에게 위대한 조국을 사랑하고 따르라는 교육을 할 수 없게 되었소. 그나마 과거에는 경제를 살려 배고픔과 가난에서 벗어났다고 자랑했지만 지금은 다른 나라를 힘으로만 제압하는 어리석은 거인의 모습과 다를 바가 없어 후손들에게 부끄럽기 한이 없소. 당장 경제를 살려야 할 것입니다."

이때, 쩡판 국방위원이 제동을 걸고 있었다.

"나는 다른 생각입니다. 경제는 국방이 안정돼야 효과를 볼 수 있습니다. 인도와의 전쟁을 포기하고 외교적으로 해결하려면 우리는 막대한 손실을 감당해야 합니다. 엄청난 전후 보상금 지불과 티벳, 위구르의 독립을 인정해야 할뿐더러 다른 자치구의 독립도 우후죽순 격으로 발생할 것입니다. 그렇게 된다면 남은 우리 중국은 허울 좋은 껍데기에 불과할 것입니다. 경제회복은 전쟁에서 승리한 후 해도 되는 문제입니다."

의견이 팽팽하게 양쪽으로 갈리고 있을 때, 원로의원인 리우하이옌이 입을 열었다.

"여러분, 우리는 지금 여기서 논쟁을 하자고 모인 것이 아니요. 물론 수습을 하기위해서는 책임 소재도 중요하고 사후 처리도 필요한 부분이요. 하지만 지금 우리에게 필요한 것은 이 비상시국에서 국민들의 절대적 지지를 받고 동의를 이끌어 낼 지도부 구성이 당장 시급하오. 특히 전임 왕후닝 주석이 국민들을 힘과 패권주의로만 이끌어서 사태가 이 지경에 이르렀으니 차기 주석은 덕과 포용력을 겸비한 인물을 추대하였으면 하오. 여기서 차기 주석과 비상 지도부를 구성하여 그분들께 앞으로의 대책을 일임하였으면 하오."

그러자 장내에서는 뜨거운 동의의 박수가 나오고 있었다. 리우 첸 총리가 리우하이옌 위원에게 묻고 있었다."

"리우 원로위원께서는 누가 차기 주석으로 적합한지 의견을 말해 주십시오."

모두들 시선이 리우 위원에게 모아지고 있었다. 약간의 시간이 지나고 리우 위원의 눈길은 위샤오통을 향하고 있었다.

"나는 위샤오통 위원을 차기 주석으로 추대하였으면 하오. 그 이유는 다음과 같소. 위샤오통 위원은 젊기도 하지만 우리 중국의 엘리트 코스를 밟은 재원이오. 동아시아 민족문화 연구소에서 충분히 중국을 이끌 지도자 수업을 마쳤소이다. 그리고 남부 3성을 초토화시키자고 모든 참석자들이 이구동성으로 주장했을 때, 유일하게 무력이 아닌 온건한 방법으로 해결하자고 의견을 냈다고 들었소. 그때 위샤오퉁 위원의 의견대로 진행되었다면 지금 우리는 이처럼 심각한 상황을 맞고 있지 않을 것이오. 또 다른 이유로는 위샤오퉁 위원은 남부 3성 초토화를 반대했다는 이유로 지금까지 가택구금을 당하고 있었소. 이번에 희생된 대만의 왕링링 위원과는 연인 관계였다고 나는 들었소. 일반 지도자였다면 다른 이들을 속이고 그녀를 구하고자 전체 결정을 어겼을 것이오. 하지만 위샤오퉁 위원은 자신의 사적인 감정은 자제하고 정부의 결정을 따랐소. 그리고 마지으로 한 가지 이유가 더 있소. 그것은 자신을 아끼던 왕후닝 주석이 연인인 왕링링을 처형했고, 불명예스럽게 퇴진했어도 그에 대한 어떠한 처벌도 주장하지 않고 있소. 이것이야말로 상대방을 대승적으로 포용하는 대국의 지도자의 모습이라 생각하오. 여러분들의 생각은 어떠하오?"

고요하고도 나지막한 리우하이옌 위원의 설명은 전체 참석자들의 가슴을 울리며 설득하고 있었고, 감동의 순간은 이윽고 모두들 일어나서 힘차게 치고 있는 박수 소리로 이어지고 있었다. 거부할 수 없는 분위기가 말없이 이어지고 있었다. 잠시 후 가라앉은 위샤오퉁의 목소리가 들려오고 있었다.

"부족한 저를 차기 주석으로 추대해 주신 여러분들의 마음을 알고 있기에, 지금의 위급한 상황을 타개하려면 조속히 지도부를 구성해야 하기에 저는 감히 이 추대를 받아들이겠습니다. 차기 지도부는 현직이신 리우 첸 총리님과 협의하여 내일 발표하도록 하겠습니다. 아마도 오늘 여기 계신 분들이 중심이라 생각합니다."

다시금 박수가 울려터지고 있었다. 또한 권력의 속성을 아는 참석자들은 마음 한편으로 안도감의 한숨을 내쉬고 있었다. 이윽고 중국 역사의 한 페이지를 장식할 위샤오통 차기 주석의 발언이 이어지고 있었다.

"여러분 고맙습니다. 남은 인생을 걸고 이 어려움에서 중국을 지켜 낼 것입니다. 그 실천 방안으로 저는 앞으로 우리 중국의 미래를 좌우할 '위대한 포기'를 말씀드리고자 합니다. 첫째는 이번 사태를 계기로 서장과 신장 지역의 독립을 승인하겠습니다. 이것은 이들을 독립국가로 인정하면 그 두 나라가 인도와의 국경문제를 해결하게 될 것입니다. 그러면 우리는 서장과 신장, 그리고 인도와의 분쟁이 없어지고 그 남는 힘을 경제에 투입할 것입니다. 둘째는 이번 북한이 점령한 동북 3성을 그들의 영토로 인정하겠습니다. 아마도 그들은 1국 6체제를 이루게 될 것입니다. 그렇지만 우리는 북한과 남한에 강력히 요구할 것입니다. 북한의 저임금 인력과 남한의 삼성과 현대를 초토화된 남부 3성에 유치하라고 말입니다. 그러면 그들은 가까운 시일 내에 남부 3성을 재건할 것입니다. 그러면 우리는 남은 경제력을 모두모아 남아 있는 우리의 영토와 자치주들을 위해 전력 쏟아 붓겠습니다. 그렇게 된다면 우리에게 빈부격차, 도농격차, 지역격차 같이 우리를 끝없이 괴롭히던 말들이 사라지게 될 것입니다. 이 '위대한 포기'가 다시 '위대한 중국'을 반드시 만들 것입니다."

23
선물 보따리

참석자들은 위샤오통 차기 주석의 놀라운 제안을 듣고 한동안 말을 잃고 있었다. 그러나 생각을 해보면 할수록 고개가 끄덕여지고 있었다. 그들은 마음속으로 이런 생각들이 떠오르고 있었다.

'이미 힘으로 세계를 지배하던 패권주의는 비참하게 실패했다. 우리는 지금 막대한 피해를 감수하고 국가를 재건해야 하는 상황 아닌가? 막대한 전후보상금 지불과 국민들의 불만을 무엇으로 해결할 수 있단 말인가? 지금 상태라면 우리 중국은 내란이 일어나서 멸망을 안 한다고 누가 자신 있게 말을 할 수 있단 말인가? 이번 위샤오통 차기 주석의 제안은 당장 영토가 줄어드는 것처럼 느껴지지만 전쟁을 중단하고 남북한의 힘으로 우리 남부 3성을 재건할 수 있고, 남은 우리 민족이 골고루 평등하게 잘 사는 국가가 된다면 비록 영토는 작지만 진정 힘있는 중국이 될 것이다. 민족의 위대한 힘은 내부 구성원들의 자국에 대한 자긍심과 자부심에서 나오는 것이니까. 또한 그 길만이 앞으로 전쟁을 하지 않고 서로가 공존 공생하는 상호 이익의 길이니까.........'

모두들 일어나 악수하고 서로를 포용하며 어깨를 두드리고 있었다. 리우하이옌 위원은 누구보다도 기뻐하며 뿌듯하게 위샤오통을 바라보고 있었다.

이틀 후인 17일 오후, 현민과 하루꼬는 헤이룽장 성의 하얼빈 외곽의 한 추모공원의 묘소 앞에 서 있었다. 일본에서 총격을 받고 사망한 가내 총리를 이곳에 모시게 된 것이었다. 날씨도 무척이나 추운데다 아버지 사망의 충격으로 거의 며칠 동안 음식을 먹지 않았던 하루꼬는 흰 국화를 내려놓으며 그만 현민의 품에 쓰러지고 말았다. 그녀의 볼에는 하염없는 눈물이 흐르고 있었다. 잎사귀들이 다 떨어져 앙상해진 나무들만이 그들 주위에 함께 하고 있었다. 적막한 시간이 흐르고 현민은 하루꼬의 눈물을 닦아주며 이렇게 말하고 있었다.

"자, 하루꼬. 이제 그만 슬픔을 거두고 연구소로 가야지. 오천만 세성의 국민들이 하루꼬의 연구 성공만을 기다리고 있잖아."

그러자 아버지의 묘소 앞에서 다함없이 눈물을 흘려서인지 하루꼬는 힘겹게 현민을 의지하며 일어서고 있었다. 그녀는 한없이 슬픈 표정으로 나지막히 현민에게 대답했다.

"그래, 현민씨. 오늘까지만 슬퍼할게. 누구보다 우리를 아껴주신 아버지 앞에서 자랑스럽게 결혼식을 올리고 싶었는데. 누구보다도 기뻐하셨을 텐데. 흑흑흑........."

현민은 말없이 하루꼬를 꼭 안아주고 있었다. 잠시 후 그녀가 울음을 멈추자 그녀의 귀에다 대고 이렇게 말하고 있었다.

"하루꼬, 아버님의 숭고한 희생의 의미를 살려야 하잖아. 하루꼬가 이 땅에서 많은 국민들에게 꿈과 희망을 주는 기술을 개발한다면 아버님도 하늘에서 가장 기뻐하실 거야. 자, 하루꼬. 힘을 내야지."

두 사람은 서로의 손을 잡고 추모 공원을 내려오고 있었다. 이들을 기다리던 차량은 하얼빈 공업대학교 정문을 지나 제3 화학 연구소로 향하고 있었다.

다음날인 18일. 남한으로 돌아온 현민은 신대통령과 독대를 하고 있었다.

"그래, 정수석 가내 총리의 묘소는 잘 다녀왔소. 나는 다음 기회에 가서 추모를 해야 할 것 같소."

"예, 대통령님. 하루꼬 장관과 참배를 잘 마쳤습니다. 이제 하루꼬 장관이 마음을 다 잡고 희토류 처리 기술을 개발하기를 바랄 뿐입니다."

그러자 한껏 기대에 부푼 표정의 신대통령이 말을 이었다.

"그래요, 반가운 소식입니다. 꼭 기술개발에 성공했으면 하오. 하루꼬 장관의 건강은 어떤가요? 연구에 몰두하려면 체력이 뒷받침 해줘야 할 텐데."

현민은 걱정 말라는 듯 자신 있게 말했다.

"걱정 마십시오, 대통령님. 사실 우리보다 동북 3성의 국민들이 하루꼬 장관의 성공을 더 바라고 있습니다. 연구소 측에서 아주 특별하게 모든 지원을 아끼지 않고 있습니다."

"그렇군요. 이제 시간과의 싸움만이 남았군요."

그러면서 신대통령은 자신의 손을 끌어당기며 조심스럽게 얘기를 던지고 있었다.

"사실 정수석, 어제 중국으로부터 극비의 정보를 받았소."

현민은 무슨 정보이기에 이다지도 신중한 성격의 대통령이 긴장을 하며 말을 하는지 의아해졌다.

"무슨 정보를 받으셨기에 이다지 조심스러우신 지요?"

"그것이 말이죠, 정수석, 내일 공식적인 대책 회의를 하겠지만 정수석이 먼저 연해주에 다녀와야 할 것 같아서요."

현민은 아마도 동북 3성과 연해주 독립에 관련한 일임을 눈치 채고 있었다. 대통령이 말을 잇고 있었다.

"이번 중국 남부 3성 대학살에 반대하는 시위로 왕후닝 주석이 퇴진하고 위샤오통 국무위원이 차기 주석으로 선출될 것이 확실하오. 위샤오통 차기 주석이 지금 어려운 중국 사태를 해결하고자 서장과 신장, 그리고 동북 3성의 독립을 승인한다고 하오. 거기에는 우리 남북한이 초토화된 남부 3성에 인력과 기술을 투자하여 재건을 한다는 조건으로 말이요. 우리로서는 무조건 받아들일 제안이오."

순간 현민의 입에서는 작은 탄성이 터져 나오고 있었다.

"결국 대통령님, 두 분들이 세우신 '북벌'이 이렇게 실현되는군요. 정말 감격스럽습니다. 두 분께서 얼마나 마음을 졸이셨습니까. 너무도 잘 되었습니다."

그러자 신대통령은 현민을 부둥켜안으며 고마워했다.

"누구보다도 정수석의 공이 큽니다. 우리 두 정상들을 설득하고 꼭 이룰 수 있다는 믿음을 심어 주었지 않아요. 정말 수고 많았어요, 정수석."

이윽고 신대통령은 현민에게 나머지 당부를 하고 있었다.

"지금쯤이면 북한의 김주석도 이 사실을 알고 있을 겁니다. 내가 김주석과 다시 논의를 할 터이니 정수석은 연해주 김루드밀라 지사를 만나서 러시아의 이마노프 대통령과 연해주 독립을 논의하고 오세요. 중국이 저렇게 나오는 이상 러시아도 실익을 추구할 것입니다. 남한의 기술과 북한의 값싼 노동력은 어느 나라에서든 필요할 것이오."

현민은 관저를 나와 보안에 최대한으로 신경 쓰며 김 루드밀라 지사와 접촉했다. 내일 오후 5시에 야그녹에서 협상을 하기로 했으며 자신이 책임을 지고 이마노프 대통령을 설득해 보겠다는 김 지사의 발언에 현민은 한없는 동포애를 느끼고 있었다. 다음날 12시. 현민은 블라디보스톡행 비행기에 오른 현민은 비행기 날개 아래로 펼쳐지고 있는 구름의 바다를 보며 상념에 빠져들고 있었다.

'정말 한 치 앞을 알 수 없는 국제 정치는 저 구름 속에 들어 있는 물과도 같다. 하루에도 수백 번 씩 모습이 바뀌고 따뜻한 조건에서는 비가 되어 대지에 물을 뿌리고 추운 조건에서는 얼음이 되는 변화무쌍한 존재인 물. 우리는 왜 이치를 거스르지 않고 높은 곳에서 낮은 곳으로 흐르는 물과 같이 살 수는 없을까? 왜 우리는 그토록 순리를 거스르며 욕심을 내고, 남의 것에 탐을 내며, 그것을 얻지 못해 화를 내고 싸우고 어리석게도 전쟁을 벌이고 있는가? 자신의 이익을 얻기 위해서 상대의 것을 빼앗아야 하는 비극의 역사를 왜 되풀이 하고 있는가? 정녕 이 지구촌의 모든 사람이 공존하고 공생할 수 있는 방법은 없는 것인가?'

설핏 잠이 들었다 어느덧 눈을 떠보니 공항에 도착해 있었다. 긴장을 다잡고 5시가 거의 되어 야그녹에 도착한 현민을 김 루드밀라 지사는 반갑게 환영하고 있었다. 현민도 반갑게 인사를 건넸다.

"넉 달 만이죠, 김지사님. 더욱 건강해 보이십니다."

"반갑소이다, 정수석. 이곳에 정수석을 기다리는 아주 반가운 손님이 있습니다."

순간 흠칫한 현민은 야그녹에 들어선 순간 너무 놀라고 말았다. 김 지사가 말한 반가운 손님이란 바로 러시아의 이마노프 대통령이었다.

먼저 이마노프 대통령이 환한 미소를 지으며 악수를 건네고 있었다.

"어서 오시오, 정수석. 우리는 처음이지요?"

"그렇습니다, 대통령 각하. 어떻게 여기까지 오셨습니까?"

자리에 앉으며 김 지사가 설명을 하고 있었다.

"그것이 말이오, 정수석. 작년에 중국이 말라카 해협을 봉쇄했을 때 내가 이마노프 각하에게 정수석의 제안을 말씀드렸지 않았소? 그 때부터 대통령 각하께서 정수석을 한 번 만나자고 제안을 하셨소. 그런데 오늘 마침 대통령 각하께서 연해주 근처에 오셨다가 이곳에 모신 것이오."

너무도 고마운 김 지사의 말씀에 현민은 자리에서 일어나 이마노프 대통령을 향하여 머리를 숙여 깍듯이 인사를 올렸다. 그러자 이마노트 대통령은 호탕한 웃음을 터트리고 있었다.

"하하하, 당신네 고려인들은 참으로 예절이 바르구려. 예전에 시베리아로 왔던 선조들의 모습을 다시 보는 것 같소. 하지만 나도 빈손으로 오지는 않았소. 나도 선물 보따리를 풀겠소."

24
아리랑 파고다

이마노프 대통령이 말한 선물이란 바로 연해주의 독립이었다. 이마노프 대통령은 과거 푸틴 대통령 시절부터 연해주를 돌려주자는 움직임이 있었다고 했다. 그러다 푸틴 대통령이 실각 후 어려워진 경제 상황에서 남한과 북한, 그리고 일본이 연해주와 시베리아의 자원을 이용하면서 경제가 회복하기 시작했다고 이마노프 대통령은 설명하고 있었다. 그러면서 이마노프 대통령은 고마운 눈빛으로 현민을 보며 이렇게 말하고 있었다.

"사실 그동안 우리는 북극 항로를 개설하기 위하여 무던히도 노력했지만 번번히 실패했어요. 자본과 기술이 부족해서였지요. 그러다 지난번에 정수석의 제안을 받고 이번에는 꼭 북극 항로를 개설해야겠다는 의지가 생겼어요. 그래서 우리도 남한과 북한에 제안하고자 합니다. 이번에 연해주가 편입되면 남한의 대기업들을 우리 러시아에 유치를 해 주시오. 당신네 대기업의 기술과 고급 인력이 온다면 그 파급 효과는 엄청날 것이요. 어떻소, 당신들은 전혀 밑지는 장사가 아닐 것이요."

이때, 현민은 바로 신대통령께 보고를 드렸고, 대통령은 서로 이로운 일이 될 것이라고 이마노프 대통령께 고마움을 전해 달라고 신신

당부를 하고 있었다.

　그로부터 한 달 후인 2월 20일, 독도를 점령하고 동해 해상에서 무력을 행사하던 혼조 부총리를 비롯한 일본 지휘부는 본토가 침몰함에 따라 지속적인 물자 보급이 불가능한 데다 비축한 식량과 물류가 바닥나자 더 이상의 전쟁이 불가능함을 깨닫고 있었다. 그들은 투항을 하기 시작했으며, 최후까지 버티던 혼조 부총리는 자신이 타고 있던 이지스함에서 권총으로 자결을 했다. 동해의 삼척항으로 항복하는 일본 자위대와 국민들의 모습이 외신을 타고 대대적으로 보도되고 있었다. 영국의 찰스 데이먼 기자는 일본의 항복 기사 제목을 이렇게 뽑고 있었다.

　'일본은 끝내 독도를 자신의 땅으로 소유할 수 없었다.'

　한편 북한에서는 변화하는 국제 정세에 보다 효율적으로 대응하기 위해 당 중앙위원회를 열어 차기 주석으로 조미령 국방위원을 추대했다. 이는 북한을 4대째 세습 통치하던 김일성 일가의 마지막 통치자인 김주녀 주석의 강력한 희망에 의해서였다. 고혈압이라는 가족병력이 있던 김주녀 주석도 건강상의 이유를 내세웠지만 중국의 왕후닝 주석이 전격적으로 퇴진하는 것을 경험한 김주석은 더 이상의 세습 체제로는 새로운 국제 질서를 선도할 수 없기에 과감하게 주석직을 포기하였다는 후문이 전해지고 있었다. 이러한 김주석의 결단에 북한 국민들은 놀라기도 했지만 대만과 일본의 침몰, 중국의 서장과 신장 지역 포기와 동북 3성과 연해주의 편입 등 숨 가쁘게 변화하는 현실을 접하며 새로운 조국의 모습에 한껏 기대를 하며 환영하고 있었다.

　또한 남한의 정치 현실도 이 변화의 물결을 타고 있었다. 4월에 열린 대통령 선거에서 재선의 신민기 대통령은 3선을 포기했으며, 현여당의 대통령 후보로 출마한 정현민 후보는 압도적인 표차로 야당 후보를 따돌리고 새로운 남한의 대통령으로 당선됐다. 남한에서는 그동안 재임을 하며 성공적으로 국가를 이끌던 신대통령이 3선에 도전하라는 주위의 강력한 권유도 많았지만 그는 끝내 재임으로 대통령직을 마무리했다. 그 당시 신대통령은 주위의 측근들에게 이런 말로 자신의 출마를 고사했다고 전해진다.

"나는 현재 여러분들의 도움으로 이 나라를 원만히 이끌고 왔습니다. 주위에서 지금껏 이 나라를 선진국으로 발전시키고 북한과도 1국 2체제를 이루었으니 '북벌'을 완성시켜 새로운 한국시대를 열어야 한다고 권유하고 계십니다. 그러나 제가 이루어낸 성과는 뛰어난 참모인 정현민 수석의 역량 덕분이었다고 해도 과언이 아닙니다. 그의 과감하고 현실적인 제안과 추진력이 없었다면 지금의 신민기는 존재할 수 없을 것입니다. 저는 지금의 성과에 만족합니다. 새로운 조국의 위대한 역사는 새로운 지도자와 국민들이 열어 나갈 것입니다. 우리 남한의 정치에서 장기 집권의 부끄러웠던 대통령 전임자들의 전철을 저는 분명히 밟지 않을 것입니다."

이 말을 들은 측근들은 더 이상의 출마 권유를 할 수 없었다. 이처럼 동아시아의 세 나라의 지도자들이 새로운 인물로 바뀌어 가고 있었다.

2040년 6월6일, 요동성 요양시 백탑구의 대평화공원 오후 1시. 이곳에서는 1국 6체제를 이룬 여섯 나라의 정상들과 내외빈들이 모여 통일연방국 출범을 환영하고 있었다. 4월부터 2개월 동안 여섯 나라 실무진들이 10차례의 힘겨운 협상을 하여 결국은 합의를 이끌어 냈다. 통일연방국의 명칭은 태한민국(太韓民國)으로 했으며, 각 나라의 이름은 다음과 같이 정하였다. 한반도 남쪽을 남한(南韓), 북쪽을 북한(北韓)으로 기존의 명칭을 그대로 쓰기로 했으며, 가장 동쪽에 위치한 연해주를 동한(東韓), 가장 서쪽인 요녕 성을 서한(西韓), 그리고 흑룡강 성을 천한(天韓), 길림 성을 지한(地韓)으로 정하였다. 이는 동서남북의 네 방위와 하늘과 땅의 두 방위를 합쳐 통일 태한민국의 여섯 방위를 지킨다는 의미를 담았다. 태한민국의 수도는 고조선의 영역 가운데 요동시 요양으로 하였다. 그리고 6방을 상징하는 6층의 대탑을 건설하여 그 이름을 '아리랑 파고다'로 하기로 하였고, 6월 6일 통일 태한민국의 선포와 아울러 아리랑 파고다의 제막식을 거행하기로 하였다. 통일 대탑의 제막식에는 여섯 나라에서 백 명씩을 엄정 선발하기로 세부적인 지침을 정하였다.

이날 행사장 주위로 삼엄한 경계가 이루어지고 가운데 연단에는 세계 각국의 정상들 50여 명이 초빙되어 있었고, 객석에는 각국에서 축하를 해 주기 위해 모인 천 명의 하객들이 자리하고 있었다. 연단 뒷 편에는 축포를 쏘아 올릴 군인들이 도열해 있었으며, 하늘로 날아오를 비둘기들이 준비되고 있었다. 오늘 행사에서 단연코 눈길을 끄는 것은 행사장 북측에 당당하게 건립된 통일 대탑인 '아리랑 파고다'였다. 그 곳에는 여섯 나라에서 가장 뛰어난 여섯 명의 조각가들과 백 명의 인부들이 두 달 동안 밤을 새워 가며 완성한 '아리랑 파고다'가 위용을 드러내고 있었다.

이 통일 대탑은 전체 높이가 80여 미터에 달하였고, 기단부와 6개의 탑신부, 6개의 보륜을 지닌 상륜부로 이루어져 있었다. 각 나라를 상징하는 탑신부는 각 층의 높이가 10미터이며 1층은 적색으로 창조와 정열을 담은 남한을, 2층은 흑색으로 지혜를 상징하는 북한을, 3

층은 청색으로 생명을 표현하는 동한을, 4층은 백색으로 진실을 담고 있는 서한을, 5층은 황색으로 풍요함을 나타내는 지한을, 6층은 주황으로 변화를 상징하는 천한을 상징하고 있는 것이었다. 상륜부의 6개의 보륜도 탑신과 마찬가지의 색상과 의미를 가지고 있었다.

오후 2시, 행사가 시작되었다. 먼저 러시아의 이마노프 대통령이 연단에 섰다.

"안녕하십니까. 각국에서 오신 외빈들과 함께 이 자리를 축하합니다. 현재, 자국의 이익만을 추구하는 냉혹한 국제현실에서 오늘 통일 태한민국의 출범은 많은 나라들에게 시사하는 바가 큽니다. 이것은 서로가 서로에게 이익이 되고 서로가 함께 잘 살 수 있을 때만이 세계 각국의 미래가 열린다는 점입니다. 우리도 태한민국처럼 세계의 미래를 열어갑시다."

힘찬 박수가 연단을 울리고 있었다. 다음 중국의 위샤오통 주석이 연설을 시작했다.

"먼저 이 자리에서 진심으로 중국 내전으로 희생당한 분들께 깊은 애도의 마음을 전합니다. 너무도 많은 국민들이 죽음을 당했음을 우리는 잊지 않겠습니다. 우리는 더 이상 힘과 패권의 군사 행동을 하지 않을 것입니다. 그리고 우리는 많은 것을 포기했습니다. 과거 세계의 중심이 중국이라는 오만함을 버리고 주변국들과 화합하여 중도를 가는 중국(中國)으로 거듭날 것입니다. 그리하여 더불어 잘 사는 중국으로 변모할 것입니다. 끝으로 통일 태한민국과 세계의 번영을 기원합니다."

우레와 같은 환호가 터져 나오고 있었다. 이어서 다섯 한국 대표의 연설이 이어지고 마지막으로 남한의 정현민 대통령이 연단에 섰다.

"참으로 감개무량합니다. 발해의 멸망 이후 잃었던 우리의 고토에 오늘 우리는 다시 섰습니다. 그 어떠한 고난도 극복하고 힘찬 태한민국을 건설하고 있습니다. 우리 여섯 한국에서는 어떠한 차별도 억압도 없을 것입니다. 우리는 도농간, 지역간, 도시간, 차별 없이 잘 사는 나라가 될 것이며 어떤 국가와도 상생과 협력할 것입니다. 그리하여 모든 지구촌의 국민들이 이 땅을 사랑하고 위대한 세계인이 될 수 있도록 솔선수범할 것입니다. 바로 오늘이 위대한 세계로 나아가는 시작이 될 것입니다."

모두들 자리에서 일어나 축하와 환호를 보내고 있었다. 연단을 내려오는 현민에게 연구소 관계자가 메모를 전하고 있었다. 그 내용을 보니 지금 하루꼬가 희토류 처리 기술을 개발했다는 반가운 소식이었다. 현민의 눈에 기쁨과 환희에 찬 사랑스런 하루꼬의 모습이 환하게 다가오고 있었다. 이제 대중들은 통일 대탑을 제막하고자 자리를 이동하고 있었다. 대탑을 청색, 백색, 적색, 흑색, 황색, 주황색등 육방색의 아름다운 천들이 화려하게 장식하고 있었다. 모두들 카운트다운을 시작했다.

"10, 9, 8, 7, 6, 5, 4, 3, 2, 1, 0"

순간 60발의 축포가 터지고 6백 마리의 비둘기가 창공을 향해 날아가고 있었다. 이를 보는 여섯 한국의 정상들의 눈가가 촉촉이 젖어들고 있었다. 그때였다. 하늘에서 한 줄기 빛이 '아리랑 파고다'의 정상에 있는 옥색 보주를 비추기 시작했다. 보주에서 반사되는 영롱한 그 빛은 동서남북상하 육방에 찬란하고도 찬연히 퍼져 나가고 있었다. 마침내 한민족(韓民族)의 오랜 염원인 '북벌(北伐)'이 2040년 실현되고 있었다.

북벌(北伐), **2040**

2023년 6월 30일 인쇄
2023년 7월 05일 발행

지은이   이 행
발행인   이주현
발행처   도서출판 해조음

등 록   2002. 3. 15 제-3500호
주 소   서울 중구 필동로1길 14-6 리엔리하우스203호
전 화   02-2279-2343
팩 스   02-2279-2406
E-mail   haejoum@naver.com

ISBN   979-11-91515-18-3 03810

값 11,000원